Umberto Eco

试刊号

Numero Zero

[意] 翁贝托·埃科 著

魏怡 译

上海译文出版社

献给阿妮塔

唯有联结！

爱·摩·福斯特

目　录

一

一九九二年六月六日星期六，早上八点

今天早上，水龙头不再向外滴水。

噗，噗。轻微得如同新生儿在打嗝，然后就沉默了。

我敲响邻居家的房门，得知她家一切正常。您大概把阀门的把手关了，她对我说。我都不知道阀门在哪儿。您知道吗，我住到这里没多久，而且只有晚上才回家。我的上帝，要是您出门一个星期，难道都不把水和煤气的阀门关上吗？我不关。您可真够谨慎的。让我进去，我指给您看。

她打开洗手池下面的小柜子，把什么东西动了动，水就流出来了。看到吗？您把它关上了。对不起，我太粗心了。哎，你们这些 single[①]！女邻居离去。如今连她也说上了英语。

紧张的神经恢复了正常。鬼驱人是不存在的，除非是在电

影里面。我也并没有梦游，因为即使梦游，我也不会知道阀门的存在，否则，我在清醒的时候就会用它了。因为水龙头漏水，我经常整夜听着滴水的声音，甚至会眼睁睁地熬到天亮，就像是住在巴尔德摩萨镇。事实上，我经常会半夜醒来，然后起床，去把浴室的门，还有卧室和门厅之间的那扇门关上，这样就不会听到那该死的滴水声。

谁知道呢……不可能出现短路的问题(它被叫做把手，顾名思义是手动的)，也不会是因为老鼠。即使有老鼠从那里经过，也不会有力气扳动那个玩意儿。那是一个老式的铁轮子(这座房子里的一切，都可以追溯到至少五十年以前)。再说，它还锈住了。所以，需要用一只手去转动它。一只类人生物的手。再说，我家也没有壁炉，不可能有像《莫格街凶杀案》里面那样的大猴子爬进来。

咱们来想一想。每个果都有它的因，至少人们是这么说的。抛开奇迹的可能性不谈，我看不出上帝为什么要操心我的淋浴，这里又不是红海。所以，自然的结果就会有一个自然的原因。昨晚上床前，我接了一杯水，吞下那片思诺思安眠药。所以，到那个时候为止，水还是有的。今天早上，水却没有

---

① 英语，单身汉。

了。所以，亲爱的华生，阀门是夜里被关上的，而且并不是由你。某个人，某些人，当时就在我的家里。他们担心除了自己弄出的声响以外(他们悄无声息)，水滴奏出的序曲会把我吵醒。就连他们也被那声音弄得心烦意乱，兴许还纳闷我为什么没有醒。他们十分狡猾，因此做了女邻居也一样会的事情，就是把水的阀门关掉。

还有什么？书籍还是像往常一样乱七八糟地摆放在那里。即使半个世界的情报机构在那里搜查过，逐页地翻找，我也不会察觉。我没有必要检查那些抽屉，或者打开门厅的柜子。现如今，假如他们想要有所发现，那就只需要做一件事情：翻遍电脑里的文件。为了节约时间，也许他们把所有文件都复制下来，然后带回了家。一旦时间允许，他们就会逐一打开每个文件，然后发现那里没有任何能够引起他们兴趣的东西。

他们想要找到什么呢？很明显——我是说，我想不到任何其他的解释——他们在寻找某种与报纸有关的东西。那些人并不傻，会想到我把编辑部正在进行的所有工作都记录了下来。所以，假如我对于布拉加多齐奥事件有所了解，应该会把它记在某个地方。现在，他们应该已经猜到了事实的真相，那就是我把所有东西都存在了一张光盘里面。当然，昨天夜里他们应该也光顾了办公室，但没有找到属于我的光盘。因此，他们得出结论(不过只是现在)，我可能把光盘放在了口袋里。他们可能心里在想，我们就是傻瓜，应该翻翻他的口袋。傻瓜？不，他们是混蛋！假如他们足够狡猾，就不会落得从事如此肮脏的营生。

现在，他们会做新的尝试，至少能找到那封被偷走的信[①]。他们会假装是抢包的，在街上对我发起攻击。所以，我必须在他们再次采取行动之前，抓紧时间把光盘以留局自取的形式寄出去，然后看看什么时候再把它取回来。我这些念头也真够傻的：已经死了一个人，西梅伊也如同归林的小鸟，消失得无影无踪。他们甚至不需要弄明白我是否知道这件事，以及知道什么。出于谨慎，他们只要把我干掉，这样就一了百了了。我甚至不能在报纸上说，对于那件事我一无所知。因为只要这么一说，人们就会明白我是知情的。

我是如何陷入这件乱七八糟的事情里面去的呢？我觉得这要怪迪·萨米斯教授，还有就是我懂德语。

为什么我会想到迪·萨米斯教授呢？那已经是四十年以前

---

① 典出爱伦·坡著名短篇小说《失窃的信》。

的事了。这是因为我始终觉得，我没能大学毕业是迪·萨米斯教授的错。陷入这个麻烦当中，也是因为我没有毕业。另外，在两年的婚姻生活之后，安娜抛下了我，因为她发现——用她的话说——我是一个习惯性失败者。谁知道我之前为了美化自己，都跟她讲过些什么。

始终没能大学毕业，也是因为我懂德语。我奶奶是阿尔托阿迪杰人，从小她就让我讲德语。从大学一年级开始，为了赚学费，我接受了翻译德语书籍的工作。在当时，懂德语已经是一种职业，可以阅读和翻译别人看不懂的书籍(当时那些书被认为非常重要)，而且这份工作比翻译法语和英语报酬要高。我想，现在对于懂中文或者俄语的人应该也是一样。无论如何，要么做德语翻译，要么大学毕业，不能二者兼得。事实上，翻译就意味着五冬六夏待在家里，穿着拖鞋工作。此外，还能学到很多东西。那么，为什么还要到大学上课呢？

我违心地决定在大学里注册一个德语课程。我心里想，这门课不需要努力学习，反正我已经都懂了。迪·萨米斯是那个时代的名人。在一座摇摇欲坠的巴罗克式大厦里，走上一段长长的台阶，就来到一个宽敞的前厅。它的一侧是迪·萨米斯主持的研究所，另一侧的房间被教授夸张地称为“大教室”，其实只有五十来个座位。这里就是教授创建的，被学生们称之为“鹰巢”的地方。

进入研究所必须穿拖鞋。在入口处，放着足够助手们，外加两三个学生穿的拖鞋。没有拖鞋穿的人，就站在外面等着轮到他。所有东西都打了蜡，我认为也包括墙上摆放的书籍，还有那些助手极其衰老的面孔。他们等待轮到自己站上讲台，而这种等待好像从史前就已经开始了。

那间教室的穹顶非常高，装着哥特式的窗户(我始终没弄明白，为什么它们会出现在一座巴罗克式的建筑里)和绿色的玻璃。迪·萨米斯教授会准点——也就是在整点过十四分钟的时候——从研究所走出来，年长的助手跟在他身后一米远的地方，年轻的学生则距离他两米，总共不到五十人。年长的助手替他拿着书，年轻的提着录音机。五十年代末的时候，录音机仍然非常巨大，就像是劳斯莱斯。

研究所和教室之间只有十米的距离，迪·萨米斯走起来却好像有二十米。他并非沿着直线前行，而是走出一条弧线，不知道是抛物线还是椭圆。同时，他还大声说着:“我们来了，我们来了。”然后，他走进教室，坐在那个犹如雕塑作品的讲台上，准备以“你们就叫我伊斯梅尔”作为开场白。

教授脸上带着坏笑。光线透过绿色的玻璃照射进来，他的面孔如同死人一般。此时，助手们启动了录音机。接着，教授开始说："与我优秀的同行博卡尔多最近的论断相反……"然后就是两个小时的长篇大论。

绿色的光线令我昏昏欲睡，助手们空洞的眼神也同样表现出这一点。我懂得他们的痛苦。两个小时之后，当我们这些学生拥出教室的时候，迪·萨米斯教授让人把课程录音倒回开始的地方，然后走下讲台，和助手们平等地坐在第一排。所有人要一起把两个小时的课程重新听一遍。每到一处他认为重要的地方，教授就会满意地点点头。需要注意的是，这门课是关于路德的德语版《圣经》的翻译。真是过瘾！我的同学们一边说，一边用困惑的目光望着他。

二年级期末，我在没有听过多少堂课的情况下，大着胆子提出要写一篇论海涅作品的讽刺性的论文(他对待不幸爱情的那种方式令我感到安慰，而且我也觉得他那种愤世嫉俗理所当然。那时，我也在为自己的爱情做准备)。"你们这些年轻人，你们这些年轻人，"迪·萨米斯忧郁地说，"你们就是想立刻扑到对现代作家的研究上……"

我仿佛得到某种启示，明白已经不可能在迪·萨米斯的指导下撰写论文。于是，我想到了费里奥教授。此人更加年轻，而且据说具有超人的智慧。他的研究方向是浪漫主义以及与之相邻的时期。不过，比我年纪大的同学提醒我说，无论如何，迪·萨米斯都会是联合导师，而且，我不能郑重其事地去接近费里奥教授，否则迪·萨米斯会立刻得到消息，并会发誓恨我一辈子。我得采取迂回之策，就好像是费里奥要求我跟他写论文。这样，迪·萨米斯就会去记恨他，而不是我。迪·萨米斯记恨费里奥，仅仅因为是自己让他站上了讲台。在大学里(当时是这样的，不过我认为现在依然如此)发生的事情，与正常世界中不同。在那里，不是孩子记恨父亲，而是父亲记恨孩子。

我想，应该借助迪·萨米斯在大教室里举办的每月一次的讲座，以几乎偶然的方式接近费里奥。参加讲座的同行有很多，因为迪·萨米斯总是能够请到知名的学者。

然而，事情的发展是这样的：讲座之后立刻开始了辩论环节，完全由教师们把持着。随后，所有人都走出教室，因为发言人受到邀请，到乌龟餐厅进餐。那是附近最好的餐馆，具有十九世纪中叶的风格，侍者仍旧身穿燕尾服。从鹰巢到餐馆，需要穿越一条长长的拱廊，接着是一个历史悠久的广场，再拐过一座雄伟的大厦，最后是另一个小广场。现在，发言人走在拱廊下面，教授们围在他身边，一米开外跟随着编外老师，两米以外轮到那些助手，再相隔一段合理的距离，还跟着一些最大胆的学生。走到历史悠久的广场时，学生们首先告辞；在那座雄伟的大厦的拐角处，助手们也告辞了；编外教师跟着穿过小广场，但也在餐馆门口止步。进入餐馆的就只有贵宾和那些教授。

所以，费里奥教授从来不曾了解到我的存在。与此同时，我已经不再热爱那里的氛围，也不再去上课了。我如同一台机器似的从事着翻译工作，人家给你什么就要翻译什么。我用温柔的诗体风格翻译一套三卷本的，关于弗里德里希·李斯特在德国关税同盟的创建问题上所扮演的角色的著作。可以想象，当时我为什么放弃了翻译德语，但重新开始大学的学习也为时已晚。

问题在于，你不能接受这个想法，而是依旧相信有朝一日，你能够通过所有考试，然后撰写论文。当一个人怀着不切实际的希望时，就已经是一个失败者。之后，等你发现了问题所在，便会顺其自然。

一开始，我找到了给一个德国男孩做家教的工作。他住在恩嘎丁，因为太过愚钝，无法上学。那里气候绝佳，孤独可以容忍，报酬也不错，所以我坚持了一年。后来，男孩的母亲黏了上来。一天，在一个走廊里，那个女人让我明白，她不介意委身(于我)。她牙齿外露，嘴唇上长着淡淡的胡须。我礼貌地使她明白，我并不想这样。三天后，我被辞退了，理由是男孩没有进步。

再后来，我靠给人家当文书糊口。我想要在报纸上发表文章，但只有一些地方性的报纸愿意发表我的文章，比如关于外省演出和一些巡回剧团的戏剧评论。我还挤出时间，靠评论开场小戏来赚几个钱。我躲在后台偷窥穿着水手服的芭蕾舞女演员，为她们臀部的赘肉而着迷；我还尾随她们去乳品店，发现她们把一杯拿铁咖啡当晚餐。假如不是身无分文，她们就会吃一个煎蛋。在那里，我有了最初的性经验，和一名歌唱演员，代价是一篇宽容的报道。文章发表在萨卢佐地区的一张报纸上，但对于她已经足够了。

当时，我四海为家，在不同的城市里生活(我是因为接到西梅伊的电话才到米兰来的)。我至少为三家出版社改过稿子(都不是大型出版社，而是大学里面的)，还为另一家出版社校对百科全书的词条(核查日期和作品的名称，等等)。我做的所有工作，在某个时候被保罗·维拉吉奥①称作可怕的文化。如

① Paolo Villaggio(1932—)，意大利演员、作家。

同所有自学成才的人一样，失败者总是比成功者更有学问。要是想赢，你只需懂得一件事情，而不是浪费时间去了解所有事情，因为博学的乐趣是专门为失败者准备的。一个人知道的越多，事情的发展就越是事与愿违。

我花了几年的时间来阅读出版商们(有几次还是重要的出版商)交给我的手稿，因为寄到他们那里的手稿根本没有人愿意读。他们每部作品付给我五千里拉。我成天躺在床上，气急败坏地阅读，然后撰写一篇两页长的评价，极尽讽刺之能事，去毁掉那个不谨慎的作者。出版社的所有人都舒了一口气。在给那些欠考虑的作者回信时，他们就写些退稿令我们十分难过，云云。阅读那些永远都不会出版的手稿，可以成为一个职业。

与安娜的故事同样发生在这个时期，之后又以应有的方式结束了。从那以后，我再也无法(或者说我都没有强烈地希望过)对一个女人产生兴趣，因为我害怕再一次失败。至于性方面的问题，我是以治疗的方式去解决的。几次偶然的艳遇，是你不会担心坠入爱河的那种。一夜情之后，你说，感谢上帝，很愉快，然后就过去了。或者定期发生一些付费的关系，以便不为欲望所扰(芭蕾舞女演员使得我对臀部的赘肉无动于衷)。

同时，我做着所有失败者都做的梦：有朝一日写一本书，从而赢得荣誉和财富。为了学会如何成为大作家，我甚至像个黑奴(或者就像如今所说的，是影子写手，这样说从政治的角度更正确)似的，为一个侦探小说家工作。为了销量，他有时候署上一个美国人的名字，就像那些拍摄美式西部片的意大利演员一样。不过，有两层幕布的掩护(另一个人，还有另一个人的另一个名字)，躲在暗处工作很好。

替别人写一部侦探小说很容易。只需要模仿钱德勒，或者哪怕是斯皮兰的风格。不过，当我尝试写点属于自己的东西时，却发现要想描写某个人或者某样东西，我就会参考文学作品中的情景。我写不出某个人在一个晴朗而清新的下午散步这样的句子，而只会说他走在“如同卡纳莱托画作中的天空下”。后来，我发现邓南遮也是这样做的：为了说明某个叫科斯坦扎·兰德布鲁克的人具有某种品质，他会说此人好像托马斯·劳伦斯笔下的人物；埃莱娜·穆蒂的轮廓令人想起莫罗年轻时的某些特征；安德烈亚·斯佩雷利则令人想起博尔盖塞美术馆里那幅《不知名的绅士》。所以，要想读懂这样一本小说，你还要去翻阅报亭里打折出售的某些艺术史杂志。

如果说邓南遮是一个糟糕的作家，这并不意味着我也要那样做。为了摆脱引用的坏毛病，我决定不再进行创作。

总之，这并非什么了不起的人生。年过五旬，我收到了西梅伊的邀请。为什么不呢？反正再试试这个行当也没什么不可以。

现在我该怎么办？要是我出去，那就会冒险。最好还是在这里等着。最多他们守在外面，等着我出去，而我不会出门。厨房里有很多包苏打饼干，还有肉罐头。昨天晚上还剩了半瓶威士忌，可以靠它过一两天。我倒出了两滴(也许一会儿再倒两滴，不过要等到下午，因为早上喝酒会使人变傻)。然后，我尝试着回忆这件事情是如何开始的。我甚至不需要查看光盘，因为一切都记得清清楚楚，至少现在是这样，我还很清醒。

对于死亡的恐惧，唤起了回忆。

二

一九九二年四月六日星期一

西梅伊生着一张属于另外一个人的面孔。我的意思是，那些名叫罗西、布兰比拉和哥伦布，甚至是马志尼和曼佐尼的人，我从来都不记得他们，因为他们拥有另一个人的名字，我只记得他们应该拥有另一个人的名字。是的，我记不起西梅伊的面孔，因为那张面孔好像属于另外一个人。事实上，那就是一张大众脸。

“一本书？”我问他。

“一本书。是一位记者的回忆，讲述在一年的时间里，他忙于筹备一份报纸，而这份报纸永远都不会面世。另外，这份报纸的名称应该是《明日报》。就像政府的一句格言：明日再说。所以，这本书的标题应该是《明日：昨日》。好听的名字，不是吗？”

“您希望我来写这本书吗？为什么您自己不写呢？您是记者，不是吗？至少，鉴于您在主持一份报纸……”

“主持一份报纸并不意味着懂得写作。正如作为国防部部长并不意味着会用手雷。当然，在未来的整整一年里，我们每天都会讨论这本书。您要赋予它风格和味道，而总体路线由我来掌控。”

“您的意思是这本书由两个人联合署名，又或者以科洛纳采访西梅伊的形式出现？”

“不不，亲爱的科洛纳，这本书将由我来署名。等书写成之后，您就要消失。假如这种称呼不会令您生气的话，您就是一个黑奴。大仲马就有枪手，我看不出自己为什么不可以有。”

“那您为什么选我呢？”

“因为您具有作家的才能……”

“谢谢。”

“……但从来没有人注意到。”

“再次感谢。”

“很遗憾，到现在为止，您只与一些地方性的报纸合作过，还在某些杂志社做过一些文化类的苦差事，也为别人写过一本小说（不要问我是怎么知道的，总之这本书落到了我的手上。写得还行，有节奏感）。然后，到了五十来岁，您跑到我这里，因为听说我可能会为您提供一份工作。所以说，您会写作，明白一本书是怎么回事，但混得不好。您不必感到耻辱。我也是一样的。

我将要主持一份永远不会面世的报纸，那是因为我从来没有成为普利策奖的候选人，而是仅仅负责过一份体育周刊和一份单纯针对男性，或者说仅仅面向单身男性的刊物，您看……”

“我也可以为了自己的尊严而拒绝您。”

“您不会那么做的，因为在这一年的时间里，我会付给您每月六百万里拉。免税。”

“对于一个失败的作家来说，那是一大笔钱。然后呢?”

“然后，当您把书交给我的时候，也就是这个实验结束后六个月之内，我再付给您一千万里拉，是现金。这些钱我都是自掏腰包。”

“然后呢?”

“然后就是您自己的事了。假如您没有把所有钱都花在女人、赌马和香槟上面，就会在一年半的时间里赚到八千万里拉，而且不用交税。之后，您可以不紧不慢地再找工作。”

“让我搞搞清楚。对不起，假如您付给我六百万，谁知道您自己能赚多少。另外，还有其他编辑，以及制作、印刷和发行的费用。您是要对我说，我猜是一个出版商，愿意在一年的时间里出钱来做这个实验，却不把它派任何用场?”

“我没说不把它派任何用场。他会获得自己的利益。然而，假如这份报纸不能出版，我却不会得到什么好处。当然，也不排除到最后出版商决定让它真的面世。不过，在那种情况下，事情就大了，我怀疑他是否还愿意让我继续负责。所以，我准备在一年之后，当出版商认为这个实验已经达到预期的效果，可以关门的时候，那么，我的计划是，假如一切都泡汤了，我就出版这本书。它会是一颗炸弹，而我会按照著作权获得一份报酬。又或者，我仅仅是说说而已，有人不希望这本书出版，那么就会付给我一笔钱。免税的。”

“明白了。不过，假如您真诚地希望我合作，就要告诉我出钱的是谁，为什么会有《明日报》这个项目，它又为什么可能会失败；还有，在这本——谦虚地说——我将参与撰写的书里，您要说些什么。”

“好吧，付钱的是维梅尔卡特骑士。您应该听说过他……”

“我知道维梅尔卡特。他时不时出现在报纸上。此人掌管着亚得里亚海岸的几十家酒店，还有许多家接待退休人员和残疾人的疗养院，一系列大家为之窃窃私语的生意，以及几家晚上十一点开始播放的地方电视台，里面的节目只有拍卖、电视购物和脱衣舞……”

“还有二十几份出版物。”

“我觉得就是一些烂杂志，像《他们》和《偷窥狂》那类传播明星绯闻的杂志，和类似《罪行图解》和《事件背后》这些刊登司法调查的期刊，都是些破玩意儿，垃圾。”

“不，也包括一些行业杂志，比如园艺，旅游，汽车，帆船，家庭医生。那是一个帝国。这间办公室很漂亮，不是吗？甚至还有一棵印度橡树，就好像意大利广播电视公司里那些硕大的罂粟。我们甚至拥有一个为编辑们设计的open space①，就像在美国那样；另外，有一间小办公室是留给您的，虽然小，但有尊严；还有一个作为档案室的房间。在这座容纳了骑士所有产业的大厦里面，一切都是免费的。除此以外，各期试刊号的制作和印刷会使用其他杂志的设备，这样实验的成本就可以缩减到可以接受的程度。我们的办公室几乎位于市中心，不像其他那些大型日报，到那里去要换两次地铁和一次公交车。”

“骑士对这个实验的期望是什么？”

“骑士希望跻身金融界、银行界，最好还有大型报纸的顶级沙龙。手段就是出版一份新的，承诺在一切方面讲真话的日报。十二期试刊号，权且称之为试刊一号，试刊二号，以此类推。这些报纸印数很少，而且是私密的。骑士会进行考量，然后仅仅让他知道的那些人读到这些报纸。一旦骑士能够证明，他能让所谓的金融和政治领域的顶级沙龙陷入困境，那个顶级沙龙可能就会请

---

① 英语，开放的空间。

求他放弃这个念头。那么，他就会放弃《明日报》，并且获得允许进入顶级沙龙。即使那仅仅意味着一份大型报纸，一家银行，或者一个有分量的电视网络股份的百分之二。”

我吹了一声口哨：“百分之二是很多钱啊！他会有钱做这种事吗？”

“别天真了。我们说的是金融，不是贸易。你先去购买，然后，你会看到买东西的钱找上门来。”

“我明白了。我也明白，只有骑士不说出这份报纸最终不会面世，实验才能行得通。也就是说，所有人都要以为他的机器在马不停蹄地印刷……”

“当然。至于这份报纸永远不会面世，骑士甚至没有对我说。这仅仅是我的猜想，或者说我确信会是这样。明天我们会见到的那些合作者，他们不应该知道这些。从事这份工作期间，他们应该想着是在创造自己的未来。这件事只有您和我知道。”

“可是，假如您把一年当中为了帮助骑士进行敲诈而做的事情写下来，您会得到什么呢？”

“不要用敲诈这个词。我们会发布消息，就像《纽约时报》上写的那样，适合刊登的所有消息……”

“……或许会多出点别的……”

“我发现您理解了我的意思。假如骑士用我们的这些试刊号去恐吓某些人，或者为自己收拾烂摊子，这是他的事，与我们无关。重点是，我们的书里不能讲到编辑部会议上的决定。这种事不需要您做，有一台录音机就可以了。这本书应该让人想到另一份报纸，它要展示在一年的时间里，我尽力实现一个独立于所有压力的新闻典范。要让人们明白，实验的失败，是因为不可能创造一个自由的声音。为此，我需要您编造、设计、撰写一部史诗。不知道我说明白了没有……”

“这本书要展现事实的反面。很好。可是您会遭到反驳。”

“被谁？骑士吗？他会说事实并非如此，说这个项目仅仅是为了敲诈？最好让人们认为，他不得不放弃了计划，是因为他同样迫于压力，所以宁愿扼杀这份报纸，也不愿意变成一个不同的声音，就像人们所说的那样。我们的编辑会反驳我吗？书里会将他们表现为极其正直的记者。我的作品会成为一本畅销书，”他像所有人一样，把畅销书说成了 betzeller，“任何人都不会愿意，或者不知道如何对它进行反驳。”

“好吧。既然我们两个都是‘没有个性的人’，请原谅我的引用，我接受您的建议。”

“我喜欢和真诚的人打交道，他们会说出心里的想法。”

三

四月七日星期二

与编辑团队第一次会面。六个人，好像足够了。

西梅伊告诉过我，不必四处去做无益的调查，而要始终待在编辑部里，把各种事记录下来。为了解释我存在的理由，他如此开始了自己的讲话:“先生们，我们互相认识一下。这是科洛纳先生，他具有丰富的新闻从业经验，将和我并肩工作。所以，我们会称他为副主编。他的主要职责是修改你们所有人的稿件。你们每个人都有不同的经历。为一份极左报纸工作是一回事，具有在一份比如说《阴沟之声报》工作的经历，又是另一回事。鉴于(你们也看到了)我们人手很少，此前一直负责丧讯的人，可能要撰写关于政府危机的社论。所以，我们需要对文章的风格进行统一。假设有人具有使用 palingenesi(重生)这类生僻词的弱点，科洛纳就会告诉你们不能那样做，并且建议另外一个可以取代它的词汇。”

“一次深刻的道德重生(rinascita)。”我说。

“正是如此。假如为了定义一种戏剧性的形势，有人说：咱们位于气旋的中心，我想科洛纳先生就会提醒我们，根据所有的科学教科书，气旋中心是唯一平静之处，而气旋是在它周围生成的。”

“不，西梅伊先生，”我打断他说，“在这种情况下，我会说恰恰需要采用气旋中心这种说法，科学如何讲并不重要，读者也不明白。正是气旋中心这个词，让他们感觉到自己处于麻烦之中。报纸和电视已经使他们习惯了这种说法。”

“好极了，科洛纳先生。要使用读者的语汇，而不是知识分子的语言，他们会说‘注销旅行文件’。另外，我们的出版商好像说过，他那些电视台的观众平均年龄(我是说心理年龄)是十二岁。我们的读者并非如此，但总是要确定自己读者的年龄：他们应该有五十岁以上，是善良和诚实的资产阶级，遵守法律和秩序。但是，他们也渴望看到流言蜚语，以及对于各种形式的无秩序的揭露。我们的原则是，这些人并非那些所谓博览群书的读者，他们中间的大部分人家里甚至连一本书都没有。当然，必要的时候，也要谈论在全世界销售几百万册的伟大小说。我们的读者并不读书，但他们喜欢想象存在着行为古怪而又腰缠万贯的伟大艺术家，就好像他们永远都不会从近处看到一个长腿女明星，却希望知道她的所有秘密情事。咱们让其他人也自我介绍一下吧。每个人单独介绍。从唯一的一位女士或小姐(或者夫人)开始……”

“玛雅·弗雷西亚。女光棍、未婚，或者单身，随您怎么说。二十八岁，差一点就获得了文学学士学位。但是，由于家庭原因，我不得不辍学。我与一份绯闻杂志合作了五年，不得已混迹演艺圈，以便嗅出谁与谁正在培养一种亲密的友谊，然后安排摄影师去蹲点。我经常需要说服一位歌手或演员，让他们编造自己与某人具有亲密友谊，然后带着他们连同狗仔一起约会。我的意思是手牵着手散步，甚至是偷偷一吻。开始的时候，我喜欢那个工作，但如今已经厌倦于编造谎言。”

“亲爱的，您为什么会同意加入我们的冒险呢?”

“我想，一份日报会谈些更加严肃的事情，我也有机会通过调查使大家认识我，而这些调查又与亲密友谊无关。我充满好奇心，而且认为自己是一名好侦探。”

她身材单薄，说起话来谨慎而又活泼。

“很好。您呢?”

“罗马诺·布拉加多齐奥①……”

---

① Braggadocio，在英语里意为“吹牛大王”。

“是个奇怪的名字。您是哪里人?”

“您看，这就是我生命中最大的痛苦之一。在英语里，这个词好像有一个糟糕的意思，还好在其他语言里并没有。我爷爷是个弃婴。大家都知道，在这种情况下，姓氏是市政厅的职员编出来的。假如那人是个虐待狂，甚至可能给你起“操屄”之类的姓。在我爷爷这件事上，那位职员只是半个虐待狂，而且有点文化……至于我，我的专长是揭露丑闻，而且正好为我们这个出版商的一份杂志工作过，就是《事件背后》。不过，他没有雇用我，而是付钱买我的文章。”

至于另外四个人，坎布里亚一直在医院候诊室和警察局里过夜，以便获得最新的消息，比如谁被逮捕，或者谁在高速公路上的连环车祸中丧生，但并没有闯出名堂;第一眼看上去，卢奇迪就令人无法信任，他合作过的出版物，任何人都没有听说过;帕拉提诺为那些刊登游戏和谜语的周刊干了很长时间;科斯坦扎在一些报纸做过印刷主管，但时下的报纸版面都很多，没有人能够在报纸付印之前把它通读一遍。现在，甚至大型报纸也会使用 Simone de Beauvoire①，Beaudelaire②，或者 Rooswelt③ 这种写法，

① 指法国女作家西蒙娜·德·波伏瓦，正确写法为 Simone de Beauvoir。
② 指法国诗人波德莱尔，正确写法为 Baudelaire。
③ 指美国第三十二任总统罗斯福，正确写法为 Roosevelt。

印刷主管变得越来越少见，就像古登堡的印刷机一样。这六位旅行的伙伴中，没有一个曾经有过激动人心的经历。这就像是《圣路易斯雷大桥》。西梅伊是如何挖到他们的，我不得而知。

介绍已毕，西梅伊对报纸的特点进行了描述。

“也就是说，我们要办一份日报。为什么叫做《明日报》？因为无论过去还是现在，传统报纸都是在讲述昨天晚上的消息，所以它们才叫做《晚邮报》（*Corriere della Sera*），《标准晚报》（*Evening Standard*），或者《晚报》（*Le Soir*）。现如今，人们在晚上八点就可以看到当天的消息，所以，报纸总是在讲人们已经知道的事情，这就是为什么报纸的销量越来越少。对于这些如同烂鱼般腥臭腐朽的消息，《明日报》只会进行适当的概括和回顾，一个小专栏就足够了，几分钟就可以读完。”

“那么，这份报纸应该讲些什么呢？”坎布里亚问。

“如今，一份日报的命运，就是要办成周刊的样子。我们会通过深度报道，外加调查，以及出乎意料的预测，来谈论明天将要发生的事情……我举个例子。下午四点的时候，有一颗炸弹爆炸。第二天，所有人都知道了这件事。那么，从四点钟一直到半夜报纸付印之前，我们要挖出那么一个人，他针对可能的肇事者说了些仍然不为人知的事，而这些事就连警方都还不曾知晓；还要描绘出在未来几个星期里，这次爆炸可能引发的事件……”

布拉加多齐奥说:“但是，要想在八个小时内进行这样的调查，编辑部至少要有我们现在的十倍那么大，以及不计其数的关系和线人，或者，我不知道……”

“没错，等报社正式成立，就要有如此的规模。不过，在这一年里，我们只需要展现出创办这样一份报纸的可行性。它之所以可行，是因为一份试刊号可以选择它想要的日期，而且完全可以作为几个月以前，比如爆炸发生那一天报纸的样本。在这种情况下，我们已经知道之后发生的事情。但是，我们讲述的方式，要当作读者对此尚不知晓。这样，我们透露的所有消息就会显得新鲜，而且具有一种惊人的味道，我斗胆说，就像是神谕。我们可以对报纸的出资人说：假如《明日报》在昨天出版的话，就会是这个样子。明白吗？只要我们愿意，即使任何人都不曾投掷过炸弹，我们也可以就这个专题出一期报纸：就好像……”

“又或者，假如对我们有利的话，我们也可以自己去投这枚炸弹。”布拉加多齐奥冷笑着说。

“别说蠢话。”西梅伊警告他。接着，他好像重新思索了一下，然后说:“假如您真的要这么做，那也不要告诉我。”

开完会，我碰巧和布拉加多齐奥一同下楼。“我们不是之前就认识吧？”他问道。我觉得不认识，他说应该是这样的吧，表情中带着些许怀疑，然后立刻就用“你”来称呼我。在编辑部里，西梅伊刚刚确定要使用“您”来称呼，我通常也愿意保持距离，除非我们上过床。不过，很明显布拉加多齐奥是在强调我们是同事。我不愿意仅仅因为西梅伊把我介绍成副主编，或者什么类似的职位，就显得高高在上。另外，这个人令我好奇，而且我也没有什么更好的事情可做。

布拉加多齐奥挽着我的胳膊，跟我说到他认识的一个地方去喝点什么，然后笑了笑。他嘴唇丰满，一对眼睛大得有点像牛眼。那种笑法让我觉得有点淫秽。他像冯·施特罗海姆一样是个秃头，后脑勺和脖子浑然一体。然而，那张面孔却酷似扮演神探科杰克的泰利·萨瓦拉斯。瞧，我总是在引用。

“那个玛雅还算漂亮，不是吗？”

我非常尴尬地坦白说，自己只是瞟了她一眼。我前面说过，自己总是离女人远远的。他冲着我耸了耸肩膀，说：“别装绅士，科洛纳。我看到了，你一直盯着她，只是自己没有觉察。要我说，这种女人对我们的胃口。事实上，只要对了路，所有女人都对我们的胃口。对于我的品味来说，她有点太瘦，甚至没有胸，不过总之也还可以。”

我们到了都灵街。走到教堂面前，他让我向右拐，踏进一条狭窄的小路。那里光线昏暗，有几扇门不知道已经关闭了多久，两旁也没有店铺，似乎荒废已久，整条街好像还散发着一股霉味。不过，这应该只是联觉吧，因为墙皮已经剥落，上面的雕刻也褪去了颜色。高处的一根管子里冒着烟，不知道从何而来，因为上面的窗户也是关闭着的，好像没有任何人居住。或许那根管子来自朝着另外一个方向的房子，而且，一条废弃的街道上烟雾缭绕，也并没有人会去在意。

“这里是巴聂拉街，米兰最狭窄的街道，尽管这里不像巴黎的猫钓鱼巷那样，两个人都几乎无法并排经过。它现在的名字是巴聂拉街，而之前唤作浴场窄街，因为这里有几处罗马时期的公共浴场。”

此时，街角出现了一个推着童车的女人。“她要么是粗心大意，要么消息不灵通，”布拉加多齐奥评论道，“如果我是女人，就不会从这里经过，尤其是天黑的时候。有人不费吹灰之力就可以捅死你。假如是那样，对于这个小骚娘们来说就是糟蹋了，她是那种典型的愿意被水工操的小少妇。你看看后头，瞧瞧那屁股。这里发生过血案。在这些如今紧闭的房门后面，应该还有一些废弃的地窖，或者秘密通道。十九世纪的时候，有个叫安东尼奥·博吉亚的人，既无钱财，也无手艺。他以帮忙审查账目为借口，把一个会计引到地下室里，然后用斧子砍他。受害人侥幸保住性命，博吉亚也被逮捕了。他被判患有精神病，在疯人院里关了两年。但是，刚刚获得自由，他就重新开始猎取天真而富有的人，把他们引到他的地下室里，抢劫他们的钱财，然后将他们杀害，并就地掩埋。就像时下所说的，是一个连环杀手。不过，这是一个缺乏谨慎的连环杀手，因为他留下了与被害人之间交易的痕迹，最后被逮捕了。警方在地下室里挖掘出五六具尸体，博吉亚于是在卢多维卡门附近被吊死。他的大脑被送到了马焦雷医院的解剖室。那是龙勃罗梭生活的年代，他们在死者的颅骨和脸型上面找寻遗传性犯罪的征兆。后来，好像这颗头颅被葬在穆索科镇。不过，谁知道呢，这些通过科学研究发现的材料，会令各种神秘主义者和具有怪癖之人垂涎……时至今日，在这里还能听到有人回忆起博吉亚，就像是开膛手杰克时期的伦敦。夜里我不愿意从这里经过，但同时，它也吸引着我。我经常到这里来，有时候也把约会地点定在这里。"

走出巴聂拉街，我们来到了门塔纳广场。然后，布拉加多齐奥带着我走进莫里吉街。这条街也相当昏暗，不过有几家小商铺，一些房子的大门也很漂亮。我们来到一个开阔的场所，那里有一个宽敞的停车场，周围是一些废墟。"你看，"布拉加多齐奥对我说，"左边的那些废墟还是罗马时期的，但几乎没有人记得，米兰也曾经是罗马帝国的首都。所以，没有人去碰它们，任何人对此都不感兴趣。不过，停车场后面，依然是那些在上一次战争的空袭中被炸毁的房子。”

古代的废墟具有一种古老的宁静，它们已经与死亡达成了和解。而这些仅仅剩下残垣断壁的房子，它们的窗户如同忧伤的眼睛，目光空洞而又无法平静，就好像传染了狼疮。

“我不知道为什么没有人尝试在这个地区盖房子，”布拉加多齐奥说，“或许是因为这里受到保护，又或者对于这里的所有者来说，停车场比盖房子出租更有收益。可是，为什么要保留轰炸的痕迹呢？这块空地比巴聂拉街更让我害怕。不过，这里很美，因为它会向我诉说战后米兰的模样。在这座城市里，能够令人回忆起它大约五十年以前模样的地方很少。这就是我希望找回的米兰，我度过童年和少年时期的米兰。战争结束时，我只有九岁。有的时候，我好像还能在夜里听到炸弹的声音。不过，如今只剩下一些废墟。看看莫里吉街入口的地方，那座塔楼是十七世纪建的，连炸弹都没有把它炸倒。跟我来，它脚下那家小餐馆，从二十世纪初就在那里了。莫里吉餐馆。不要问我它的名字为什么比街道的名称多一个字母‘g’，应该是市政部门把路牌写错了。这家餐馆的历史更加悠久，所以它的名字应该是正确的。”

我们走进一处四面红墙的所在。天花板的墙皮已经剥落，上面悬着一盏古老的、铸铁做成的吊灯。柜台上放着一只鹿头，沿着墙壁摆放着几百瓶落满灰尘的葡萄酒；还有一些破旧的木头桌子(布拉加多齐奥对我说，晚餐时间未到，所以还没有铺桌布。过一会儿，他们会铺上红格子桌布。要想吃饭，就要去看那块小黑板上手写的菜谱，就像那些法国小餐馆一样)。餐桌边坐着一些学生，还有几个人看上去像传统的波希米亚人。他们留着长发，但并不像六八年那些人的风格，而像诗人，就是从前那些头戴宽边帽子，系着拉瓦利埃领带的人;还有一些喝高了的老人，也不知道他们是从世纪初就光顾那里，还是新店主雇他们在那里充当群众演员。我们小口品尝着一个由奶酪、香肠和克洛纳塔肥肉组成的拼盘，喝了些梅洛干红葡萄酒。真的很好喝。

“很漂亮，不是吗?”布拉加多齐奥说，“就好像是在穿越。”

“但是，为什么这个本不应该存在的米兰这么吸引你呢?”

“我跟你说过，我希望看到在记忆中几乎消失了的米兰，那个我爷爷和我父亲生活过的米兰。”

他开始喝起酒来，眼睛里有泪光闪烁。他拿起一张餐巾纸，把酒杯留在古老的木头桌子上的圆形印迹擦掉。

“我家的故事很悲惨。就像人们说的那样，我爷爷在那个倒霉的政府里面身居要职。四月二十五号，当他企图溜到距离这里不远的卡普乔街时，一个游击队员认出了他。他们将他逮捕，然后枪毙了，就在那边拐角的地方。我父亲是后来才得到消息的。他忠于我爷爷的想法，于是在一九四三年加入了海军第十舰队。

他们在萨罗共和国逮捕了他，然后押送到科尔塔诺的集中营关了一年。我父亲侥幸逃过一劫，因为他们并没有找到真正的罪证。而且，陶里亚蒂已经在一九四六年宣布全面停战。或许陶里亚蒂做得对，需要不惜一切代价恢复正常秩序。不过，我父亲背负着自己的过去，还有我爷爷的阴影。对于他来说，这个正常秩序就意味着找不到工作，只能靠我那作裁缝的母亲养活。就这样，他逐渐自暴自弃，开始喝酒。我只记得当他给我讲述自己那些纠缠不清的念头时，那张满是涨红的毛细血管的面孔，和惺忪的醉眼。我父亲没有试图为法西斯辩解(他已经没有了理想)，但是他说，为了声讨法西斯，那些反法西斯者编造了很多可怕的故事。他不相信有六百万犹太人在集中营的毒气室里被杀害。我的意思是，我父亲并不属于至今还否认发生过大屠杀的那种人，但他也不相信解放者讲的故事。他对我说，那些证词都经过夸大。他读过某些幸存者的笔录，据说在一座集中营里，被杀者的衣服堆成了几座一百多米高的山。一百米？你能想象吗？他对我说，一百米高的一堆。由于衣服是像金字塔那样摞起来的，底部会比集中营还要大。”

“可是，他没有想到，假如谁见过什么恐怖的东西，回忆的时候就会使用夸张的手法。你在高速公路上见到车祸，就会说尸体躺在血泊中。你并不是想令人相信那摊血有科莫湖那么大，而仅仅是想说那里有很多血。你也设身处地为那些人想想，他们是在回忆发生在自己人生中最为悲惨的事情……”

“这一点我并不否认。不过，我父亲使我习惯于不要把消息当真金。报纸会说谎，历史学家会说谎，如今的电视也说谎。你没有看到吗，一年前海湾战争的时候，电视上播出了被沥青烧灼的鸬鹚在波斯湾里垂死挣扎的画面。之后有人辟谣说，在那个季节，海湾地区不可能有鸬鹚，那些画面是八年前两伊战争时拍摄的。又有人说，那些鸬鹚是从动物园里抓来的，然后被浇上了沥青。在讲述法西斯所犯的罪行时，他们应该也是这么做的。请注意，我并不是赞同我父亲或者我爷爷的那些想法，也不想否认犹太人被杀害的事实。而且，我最好的朋友里面也有几个是犹太人。想想吧。不过，我再也不相信任何东西了。美国人登上月球了吗？照片也有可能是他们在一个工作室里面合成的。假如你观察一下登月之后宇航员们的影子，就会发现那并不可信。海湾战争确有其事吗，还是他们把早年的档案拿给我们看？我们生活在谎言当中。假如你知道他们在骗人，就应该生活在怀疑中。我怀疑，总是怀疑。我唯一能够找到证据的，就是这个几十年以前的米兰。当时的确发生过轰炸。不过，是英国人干的呢，还是美国人？”

“那么你父亲呢？”

“在我十三岁的时候，他死于酒精中毒。长大之后，为了摆脱那些回忆，我完全反其道而行之。六八年的时候，我已经三十多岁，可还是留起了长发，穿着爱斯基摩人式的靴子和毛衣，加入了一个亲中国的团体。后来，我发现那些人中间可能混进了情报人员，并且在进行挑唆。于是，我努力成为一名记者，去发现各种阴谋。就这样，我避免了(我当时有一些危险的朋友)落入后来红色恐怖的圈套。我不再相信任何东西。唯一能够确定的，是总有人躲在背后欺骗我们。”

“那么现在呢?”

“现在，假如这份报纸能够办成的话，或许我就找到了能够严肃对待我那些发现的地方……我正在调查一件事……除了在报纸上发表，我或许还能写一本书。不过，还是算了。等我把所有数据汇集起来，咱们再谈……只是我的动作要快，因为我需要钱。西梅伊付给咱们的钱已经不少了，但还不够。”

“为了生活?”

“不，是为了买辆车。当然，我要分期付款，不过分期付款也是要付钱的。再说，我立刻就需要这辆车，以便进行我的调查。”

“对不起，你说想用这个调查赚钱来买车，但又说需要汽车来进行调查?”

“要想对很多事实进行复原，我就需要到处走走，去看一些地方，采访一些人。没有车，而且还必须每天到报社来，我就不得不单纯凭借头脑，把记忆中的东西重新组织起来。这还不是唯一的问题。”

“那么，真正的问题又是什么呢?”

“你看，并非我犹豫不决，但要想知道如何去做，就要对所有数据进行整合。一个孤立的数据不能说明任何问题，而把所有数据汇集起来，就能够发现第一眼没有看到的东西。需要把重点放在他们试图向你隐瞒的东西上面。”

“你在说调查吗?”

“不，我是说选车。”

他用一个手指蘸了酒，然后像画画一样，在桌子上画出一连串的点。就像那些谜语期刊上一样，把这些点连在一起，一个形象就会显现出来。

“需要一辆速度快的车，而且要有一定档次。我当然不会买经济适用型的轿车。对于我来说，要么是四轮驱动，要么就放弃。我正在考虑买一辆十六气门涡轮增压的蓝旗亚 Thema。它是最贵的几款轿车之一，大约需要六千万里拉。我可以试试。它的时速是二百三十五公里，起步加速需要七秒二。这几乎是最快的速度了。”

“价格太贵了。”

“不仅如此，还要去寻找他们向你隐藏的那个数据。那些汽车广告，它们要是不说谎，就是保持沉默。需要在专业杂志的技术图表里面，像抓跳蚤一样仔细搜寻，才能发现车身宽度是一百八十三厘米。”

“不漂亮吗?”

“你也许不会注意到，在各种广告里，他们都会标明车身的长度。当然，这对于停车很重要，还显得气派;但是，却很少会标出宽度。然而，假如你的车库很小，或者仅仅有一个更加窄小的车位，这一点至关重要，更不要说像个疯子一样转悠，以便找到一个缝隙钻进去。宽度是至关重要的。需要定位在宽度一百七十厘米以下的轿车。”

“我想，这种车是可以找到的吧。”

“当然，不过坐在一百七十厘米宽的车里面，你会觉得狭窄。要是有人坐在你身边，你的右胳膊肘就会没有足够的空间。另外，也不能享受宽敞的汽车所具有的各种舒适。那些汽车的变速挡旁边，有很多供右手使用的装置。”

“所以呢?”

“要注意仪表盘上的功能是不是足够丰富，方向盘上有没有各种控制装置，以便不需要使用右手边的那些仪器。所以，我选中了萨博900涡轮增压汽车，一百六十八厘米宽，最高时速达二百三十公里。这样价格就能降到五千万里拉。”

“这就是你想要买的车。”

“是。不过，他们只是在广告的某个小角落里，告诉你起步加速需要八秒五，但理想的时间是七秒，就像路虎220，四千万里拉，一百六十八厘米宽，最高时速二百三十五公里，起步加速时间六秒六，就像一辆赛车。”

“那么这才是你的定位……”

“不，因为在表格的最后，他们才告诉你汽车的高度是一百三十七厘米。对于一个像我这样健硕的人来说，这辆车太矮了，几乎是一辆跑车，适合那些想做运动员的富二代，而蓝旗亚有一百四十三厘米高，萨博一百四十四厘米，你可以像绅士一样坐进去。不仅如此，假如你是一个富二代，就不会去看那些技术参数，因为它们就好像是药物上那些骗人的禁忌说明。它们的字体都很小，好让你注意不到这个事实，那就是假如服用了这些药物，你第二天就会死掉。路虎220的重量只有一千一百八十五公斤。这个重量很轻。假如你撞上一辆载重汽车，它能不费吹灰之力将你撞得粉碎。要定位在重量更大的汽车上，而且还要有钢制的保险杠。我说的不是沃尔沃，因为它虽然结实得如同装甲车，但速度过于缓慢。至少也要像路虎820TI那样，价格大约五千万里拉，最高时速二百三十公里，重量一千四百二十公斤。”

“我想你应该已经放弃它了吧，因为……”我评论说。此时，我也成了偏执狂。

“因为它的起步加速时间是八秒二，像只乌龟，不会冲刺。就像奔驰 C280，它的宽度应该是一百七十二厘米。撇开六千七百万的价格不谈，它的起步加速时间是八秒八。而且，他们还要求五个月后交货。这也是一个需要注意的数据，因为我跟你说过，其他车只需要两个月就可以交货，还有的可以立刻提车。为什么可以立刻提车？因为这些车没人要。不要相信这些。比如欧宝 Calibra就可以立刻提车。十六气门，时速二百四十五公里，涡轮增压，起步加速时间六秒八，车宽一百六十八厘米，价格是五千万多一点。

“我觉得很好。”

“噢不，因为它的重量只有一千一百三十五公斤，太轻了，而且高度也只有一百三十二厘米，比其他所有款式都要差，是为了有钱而又矮小的顾客设计的。问题还不止于此。你还没有把后备厢算进去。蓝旗亚 Thema 十六气门车的后备厢是最大的，但它的宽度已经是一百七十五厘米。在那些比较狭窄的车型当中，我相中了 Dedra 2.0 LX。它的后备厢宽敞，但它不仅起步加速需要九秒四，重量也只有一千二百公斤，时速二百一十公里。”

“所以呢？”

“所以，我就不知道如何是好了。我的脑袋里本来就塞满了调查的事情，半夜醒了还要比较这些车型。”

“你都记在脑袋里了?”

“我制作了一些表格。麻烦的是，我把这些表格都记在了脑袋里，这令人无法忍受。我开始认为那些汽车的设计，就是为了让我无法购买。”

“这些仅仅是怀疑而已，你会不会太夸张了?”

“怀疑从来都不会夸张。怀疑，永远怀疑，这样你才能找到真相。难道不是说要这样去进行科学研究吗?”

“人们是这么说，也是这么做的。”

“无稽之谈，科学也一样说谎。瞧瞧冷融那件事就知道了。他们瞒了我们几个月，然后被发现是一个玩笑。”

“不过，他们的欺骗被发现了。”

“谁？五角大楼吗？他们或许是想掩盖什么令人尴尬之事。或许那些制造冷融的人说得有道理，是那些指责别人说谎的人在说谎。”

“假如事情发生在五角大楼和美国中央情报局，那样还可以理解，但你不会是想说所有汽车杂志都受到隐藏在暗处的，形形色色的情报机构的控制吧?”我试图将谈话拉回到常识上面来。

“是吗?”他苦笑着对我说，“那些杂志同样与美国伟大的工业联系在一起，还有石油七姊妹，也就是杀害马泰伊的那些人。这些事他们可能毫不关心，不过，他们同样也资助枪杀了我爷爷的游击队员。你看到吧，一切都是有联系的。”

此时，侍者们开始铺桌布，他们让我们明白，那个能仅仅喝两杯的时代已经过去了。

“从前，喝两杯酒可以一直待到夜里两点，”布拉加多齐奥叹息道，“可是现在，即使这里也瞄准了有钱的客人。或许有一天，这里会开一家闪烁着镭射灯的迪厅。咱们可说清楚了，这里的一切仍然真实，但已经弥漫出造假的臭味。想想看，他们跟我说，这家米兰饭馆的老板很久以前就换成了托斯卡纳人。我对托斯卡纳人没什么成见，他们可能也是些好人。不过，我记得小的时候，每当说起熟人的女儿嫁得不好时，我们的一个表兄就会含沙射影地说：‘要在佛罗伦萨以南建起一座城墙。’然后，我母亲就会说：‘在佛罗伦萨以南吗？是博洛尼亚以南！’”

等待付账的时候，布拉加多齐奥几乎是小声地对我说：“你能借我点钱吗？我两个月之内还给你。”

“我吗？可是我和你一样一文不名。”

“或许吧。我不知道西梅伊付你多少钱，也没有权利知道。我就是说说而已。不管怎样，你会把自己的账付了，对吗？”

我就是这样认识了布拉加多齐奥。

四

四月八日星期三

次日召开了真正的编辑部会议。西梅伊宣布:“我们来编一份二月十八日的报纸，也就是今年二月十八日。”

“为什么是二月十八日?”坎布里亚问道。后来发生的事情表明，他不同于他人之处，就是总提一些愚蠢的问题。

“因为今年冬天的二月十七日，宪兵进入了特利乌左养老院①院长、米兰社会党的重要人物马里奥·基耶萨的办公室。你们都知道，在一次招标当中，基耶萨向孟查的一家清洁公司索要了贿赂。那是一个大约一亿四千万里拉的项目，他奢望从中得到百分之十。你们看到了吧，就连一家养老院，也是能够挤出牛奶的奶牛。这家清洁公司应该不是第一次被挤奶了，也已经厌倦掏腰包，于是告发了基耶萨。这家公司去给他支付商定的一千四百万里拉回扣的第一笔时，偷偷带上了话筒和摄像机。基耶萨刚刚接过那捆钞票，宪兵就进了他的办公室。基耶萨非常恐慌，抓起更大的一捆钞票——从别的什么人那里得来的——冲进了厕所，想把钱丢在马桶里。不过，这一切都是枉然。在毁掉所有那些钞票之前，他已经被戴上了手铐。这就是事情的经过，你们应该还记得。现在，坎布里亚先生，您知道我们在第二天的报纸上应该讲些什么。到档案室去，认真阅读那天的消息，然后在报纸头版撰写一篇简讯，不，是一篇漂亮的文章。假如我没记错，那天晚上的电视新闻并没有提到这件事。”

“好的，头儿。我去了。”

“等等。《明日报》的使命要在这里登场。你们应该还记得，随后几天的报纸试图不去重视这件事。克拉克西会说基耶萨只不过是一个混蛋，声称要将他开除。然而，二月十八日的读者们仍不得而知的是，法官们将继续进行调查，一条猛犬正要出现，就是那位迪彼得罗法官。如今，他已经家喻户晓，但当时还没有人听说过他。迪彼得罗把基耶萨放在了放大镜下面，于是发现了他在瑞士的账户，随后让他供认这并非一个孤立的事件。慢慢地，这位法官发现了一个政治腐败的网络，它涉及了所有党派。这一发现最先产生的影响，恰恰就在前几天显现了出来。你们已经看

① 又称巴吉纳养老院。

到，天主教民主党和社会党在选举中丢掉了很多选票，北方联盟却得到了加强。由于憎恨罗马的政府，他们正在试图从这个丑闻中获益。人一个接一个地被捕，政党一个接一个地垮台。有人说，柏林墙倒了，苏联也解体了，美国不再需要能够供他们操纵的政党，所以就把他们交到了法官的手中。我们也可以大胆猜想一下，法官们是在朗诵美国情报机构确定的脚本。不过，现在咱们还是不要夸张。这就是目前的情形。然而，在二月十八号的时候，没有人能够想象到之后会发生什么事情。不过，《明日报》会对此展开想象，并做出一系列的预测。这篇提出假设的含沙射影的文章，我把它交给您，卢奇迪先生。您要非常机智地使用'或许'和'有可能'这些词，而实际上是在讲述未来会发生的事情。引用几个政界人物的名字，要在几个政党中间平均分配，把左派政党也拉进去，让人们明白报纸正在收集其他资料，并在想办法让某些人害怕得要死，因为他们很清楚在二月之后的两个月中发生了什么。读了试刊号，他们就会想象，假如这是今天出版的报纸，那么会怎样……明白了吗？工作吧。"

"您为什么要把这个任务交给我？"卢奇迪问。

西梅伊以一种古怪的方式盯着他，仿佛他应该明白一些我们并不知情的事情："因为我知道您特别善于收集传闻，并把它们告诉应该知道的人。"

后来，我私下问了西梅伊，他当时想说什么。“不要到其他人那里去说长道短，”他对我说，“在我看来，卢奇迪与情报机构之间存在着猫腻，新闻业对他来说仅仅是一种掩护。”

“您想说卢奇迪是个间谍？那为什么要在编辑部放一个间谍呢？”

“因为他是否监视我们并不重要。除了情报机构一旦阅读我们那些试刊号中的任何一期，就会一清二楚的东西之外，他还能去说些什么呢？但是，他能够把监视别人得到的消息带给我们。”

我想，西梅伊不会成为一名伟大的记者。但是，在他那类人中间，他是一个天才。我想起了一名乐队指挥——有名的毒舌——在谈到一个音乐家时说的话：“在他那类人中间，X是个神。其实X那一类人，就是一些混蛋。”

五

四月十日星期五

正当我们考虑要将哪些事件刊登在试刊一号上时，西梅伊长篇累牍地谈起了所有人在工作中需要遵循的一些关键性原则。

“科洛纳先生，给咱们的朋友们讲一讲如何进行评论，或者显示自己正在评论。民主新闻业的一个根本原则：事实与观点分离。《明日报》会对很多观点进行阐述，并明确那只是一些观点。但是如何才能表明，其他文章仅仅是在陈述事实呢?”

“非常简单,”我说，“你们看看英语国家的那些重要报纸。假如是在叙述一场火灾或者车祸，那么，当然不能明确地讲出自己的想法。所以，他们借助引号，在文章中插入一个目击者的声明。他可能是一个路人，或者公共舆论的代表。加上引号之后，那些声明就变成了事实，也就是某个人发表了某种观点的事实。然而，可以想见，记者只不过把话语权交给一个与他观点相同的人。文章中会出现两种彼此矛盾的说法，以表明针对同一事件存在着不同的看法。而且报纸也注意到了这个不容置疑的事实。此种做法的精明之处就在于，出现在引号中间的第一个观点比较平常，另一个则更加合理，往往更加符合记者的观点。这样，读者感觉得到了两种观点，却被引诱着接受了其中的一个，因为它比较有说服力。我们来举个例子：一座高架桥坍塌，一辆卡车掉了下去，司机也因此毙命。在一丝不苟地对事实进行阐述之后，文章会说：我们听取了罗西先生的讲述，他四十二岁，在街角开一家报刊亭。'又能怎样，这就是命，'他说，'我为那个可怜的人感到惋惜，但命就是命。'然后立刻就有一位比安吉先生，三十四岁，他是旁边一家工地的工人。他说：'这要怪市政府，这座高架桥存在问题，这是早就知道的事。'读者会同意谁的观点呢？他们的怒火会撒在什么人或者什么事情上，又会把责任记在谁身上，这不是很清楚吗？问题在于怎样用这个引号，以及在引号里面说些什么。我们来做点儿练习。从您开始，科斯坦扎。丰塔纳广场有一颗炸弹爆炸。"

科斯坦扎思考了片刻，然后说："罗西先生，四十一岁，政府职员。炸弹爆炸的时候，他可能就在银行里面。他向我们讲述说：'我距离那里很近，听到了爆炸声。真可怕。有人想要趁乱牟利，但我们永远不会知道是谁。'比安吉先生，五十岁，理发师。

爆炸发生时，他从那附近经过，记得那沉闷而可怕的爆炸声。他说：‘这是典型的无政府主义者的破坏行为，毫无疑问。’”

“非常好。弗雷西亚小姐：拿破仑去世的消息传来。”

“嗯，我会说，布朗什先生，咱们权且认为大家都知道他的年龄和职业，他对我们说：‘或许把一个已经穷途末路的人关在那座岛上是不公正的，可怜的人，他也有家庭。’还有一位曼佐尼或者曼索尼先生，他对我们说：‘一个曾经改变世界的人离去了。他征服的土地从曼萨纳雷斯河一直延伸到莱茵河。他是一位伟人。’”

“曼萨纳雷斯河提得好，”西梅伊说，“不过，想要加入自己的观点而不被察觉，还有别的办法。像其他报社那样，要知道该把什么东西登在报纸上，就得锁定话题。在这个世界上，需要报道的新闻无穷无尽。为什么要说在贝尔加莫发生的事故，而对墨西拿的那一件置若罔闻呢？并非新闻创造报纸，而是报纸创造新闻。懂得如何将四条不同的新闻放在一起发表，就意味着向读者提供了第五条新闻。这里有一份前天的报纸，在同一个版面上登载着：米兰，将新生儿丢入厕所；佩斯卡拉，大卫的死与他的兄弟无关；阿马尔菲，受托照顾患厌食症女儿的心理医生被指控欺诈；布斯卡泰，十四年后，那个十五岁时杀害一名八岁儿童的人离开了教养院。四条新闻同时出现在一个名为‘社会儿童暴力’的版面上。当然，这里谈到的的确是暴力行为，其中还牵涉到一个未成年人，但具体情况却有相当大的差别。其中只有一例(杀婴)涉及父母杀害子女，心理医生的事我觉得与儿童无关，因为没有提到那个患厌食症的女儿的年龄;佩斯卡拉的事也被证明并没有暴力事件发生，男孩是意外死亡;还有布斯卡泰那件事，仔细读一下就会发现，那是一个几乎三十岁的成年人，真正的新闻发生在十四年前。报纸想要通过这个版面对我们说些什么呢？或许没有任何有意为之的东西，仅仅是一个懒惰的编辑拿到新闻社发来的四篇电文，觉得把它们排在一起会有用，因为更能制造效果。但事实上，报纸向我们传递了一个想法，一个警报，一个警告——谁知道呢……无论如何，让我们想象一下读者的反应：假如单独看到这四条新闻中的任何一条，他都会无动于衷;但是，当它们同时出现，读者就会被迫关注这个版面。明白了吗？我知道，人们对这个话题讨论了许久，也就是报纸经常会报道卡拉布里亚工人袭击自己的工友，而从来不讲古内奥工人袭击自己的工友。就算这是种族主义，但你们想象一下，假如报纸的一个版面上谈到古内奥的工人，等等等等，还有梅斯特雷的一个退休工人杀了妻子，博洛尼亚的一个报亭主自杀，热那亚的一个泥瓦匠签了空头支票，对于读者来说，这些人出生在哪里又有什么重要的呢？但是，假如我们说的是一个卡拉布里亚工人，一个马泰拉退休工人，一个福贾的报亭主人，或者一个巴勒莫的泥瓦匠，那么，就会引发对南方犯罪集团的担忧，这就成了新闻……我们的报纸是在米兰发行，而不是在卡塔尼亚，应该考虑米兰读者的感受。请大家注意，制造新闻是一个漂亮的说法。我们做新闻，应该知道如何让它从字里行间跃然而出。科洛纳先生，有空的时候，请和我们的编辑一起，翻翻新闻社发来的那些电文，按照主题编出几个版面，练习一下让新闻从并不存在，或者人们看不到的地方跳出来。加油！”

另外一个话题就是反驳。我们尚且是一份没有读者的报纸，所以，无论发布什么消息，都不会有人来反驳。不过，衡量一份报纸的优劣，也要看它应对反驳的能力，尤其是一份表现出不惧讨论危险话题的报纸。除了磨练自己，以便在真正的反驳来临之际能够应对，还要编写几篇读者来信，继而对其作出反驳。这样做，也是为了让出资人看看，我们到底能力如何。

“昨天我跟科洛纳先生谈过了。科洛纳，您愿不愿意，就这么说吧，给我们上一堂精彩的，关于反驳技巧的课呢？”

“好，”我说，“咱们先来举一个典型的例子，这件事不仅子虚乌有，而且可以说是夸张。这是几年前《快报周刊》上面刊登的一个对于反驳的滑稽模仿。假设报纸收到一封信，写信人的名字叫做‘确切的反驳’。我来给你们读一下。”

尊敬的编辑，针对贵报上期署名“不确定的真理”的那篇标题为《伊德斯日①那天我尚未出生》的文章，请允许我进行如下澄清。说朱利乌斯·恺撒被杀的时候我在现场，这并非事实。假如您查看随信附上的出生证明，就会得出这样的结论。我于一九四四年三月十五日出生在莫尔费塔，也就是那起刺杀事件发生十几个世纪之后；另外，对于那种做法我始终是反对的。当我说起经常与朋友庆祝四四年三月十五日的生日时，真理先生应该是误会了。

另外，关于我曾经对布鲁图斯说过以下这句话，也就是“我们在腓立比(Filippi)见”，此种说法同样是不确切的。需要明确指出，我从来不曾与布鲁图斯先生有过接触。甚至到昨天为止，我都不知道这个名字。事实上，在简短的电话交谈中，我其实是对真理先生说，我会很快与交通厅长菲利皮(Filippi)见面，但那句话是在讨论机动车交通问题的时候说的。在那种情形之下，我从来没有说过正在雇用杀手，以除掉那个叛徒和疯子朱利乌斯·恺撒，而是说：“我正在鼓励厅长解决朱利乌斯·恺撒广场的交通问题”。感谢并致敬。

---

① Ides，据古罗马历法，每月居中的那一天为伊德斯日。此处指三月的伊德斯日，相传恺撒于此日遇刺身亡。

您的，

确切的反驳

“对此如此确切的反驳，应该采取怎样的行动才不至于丧失颜面呢？以下就是一个很好的回答。”

我注意到，反驳先生并没有否认朱利乌斯·恺撒是在四四年三月的伊德斯日遇害。我同样注意到，反驳先生总是与朋友一起庆祝一九四四年三月十五日的生辰。在这篇文章中，我正是想要指出这一奇特的习惯。反驳先生或许有个人理由来畅饮并庆祝那个日子，但也会承认，这至少是个奇特的巧合。另外，您或许也记得，在获得您同意后进行的那个漫长而内容丰富的电话采访当中，您曾经说过这句话：我认为，恺撒的应该归恺撒。从一个熟悉反驳先生的人那里获得的消息，令我确信——对此我没有任何理由质疑——恺撒所得的确是身中二十三刀。

需要指出的是，在整封书信当中，反驳先生都避免对我们提起，事实上是谁刺了那几刀。关于 Filippi 的那个令人难堪的纠正，我面前的笔记本上就明明白白地写着，反驳先生并没有说“我们在菲利皮那里见”，而是“我们在腓立比见”。

关于朱利乌斯·恺撒的那个威胁性的表达，我也同样可以肯定。我面前的笔记本上就清楚地记录着：我正在……鼓……杀……消灭……叛……疯……朱利乌斯·恺撒。并不是说靠绞尽脑汁和玩文字游戏就能够逃避严重的责任，或者堵住媒体的嘴。

“接着就是不确定的真理的签名。那么，在这段对于反驳的反驳当中，有哪些地方是行之有效的呢？首先，报纸上所写的内容，其消息来源于熟悉反驳先生的人。这种做法总会奏效，也就是不说出信息的来源，而是影射报纸掌握一些秘密的消息，而这些消息或许比反驳先生的更加可信。另外，还要依靠记者的笔记。任何人都不会看到那个笔记本，但现场做的记录会增加报纸的可信度，令人认为报纸有资料在手。最后，还要重复那些本身并没有什么意义，却会令人对反驳先生产生怀疑的影射。我并不是想说反驳必须是这种类型，这里仅仅是一个模仿，但你们要记好，对反驳进行反驳的三个关键要素：收集的证据，笔记本上的记录，以及对于反驳者可信度的质疑。明白了吗？”

“明白了。”大家异口同声地回答。第二天，所有人都带来了更加可信的反驳，以及没有这么粗俗，但同样有效的对于反驳进行反驳的例子。我的五个学生听懂了这堂课。

玛雅·弗雷西亚的建议是:“我们注意到了这篇反驳。但需要明确指出，我们的报道来自于法院的文件，也就是调查通知。反驳先生在预审后被释放，这个事实读者并不知晓。他们同样也不知道，那些文件应该保密;而且，报社是如何得到了那些文件，它们又是否属实，读者并不清楚。我完成作业了，西梅伊先生。不过，假如可以的话，我觉得这像个，怎么说呢，无赖行为。”

“亲爱的,”西梅伊解释说，“假如报纸承认没有检查消息来源，那才是最糟糕的无赖行为。不过，我同意，与其宣布任何人都可能去核实的证据，最好还是仅限于影射。影射并不意味着讲述什么确切的东西，它的作用仅仅是将怀疑的阴影投射到反驳的人身上。比如说:我们很愿意明确地解释，但我们发现反驳(永远要称呼‘先生’，而不是‘尊敬的’或者‘博士’。在我们这个国家，‘先生’是对人最糟糕的辱骂)，我们发现反驳先生给多家报纸寄去了几十份反驳的文章。这应该是一份全天候的、强迫性的工作。事情发展到这个地步，假如反驳先生再发表一份反驳文章，我们就会得到允许不去刊登它，又或者将它刊登，并评论说反驳先生在重复同样的东西。这样，读者就会相信他是一个偏执狂。你们看到影射的好处了吧:说反驳先生也给其他报纸寄去了文章，你是在阐述一个事实，因此不可能遭到反驳。有效的影射就是报道本身并无价值的事实。不过，它们不可能被反驳，因为那是事实。”

就像西梅伊说的，我们视这些建议如珍宝，并且开展了我们的头脑风暴。帕拉提诺回忆起，在那之前，他甚至曾经与谜语杂志合作过。他建议报纸在电视节目预告、气象预报和星座运势之外，也提供半页的游戏。

西梅伊打断他的话：“星座运势，啊，多亏你提醒。我们的读者首先就会去找这些！甚至，弗雷西亚小姐，这就是你的第一项工作。去读一读那些刊登星座运势的报纸和杂志，从中找出一些常见的公式。仅限于那些乐观的预测，因为人们不喜欢听到他们下个月会死于癌症之类的话。然后，编一些适用于所有人的预测，我是说一名六十岁的女读者，不会认同类似与她命中注定的男士邂逅这样的预测；不过，谁知道呢，比如摩羯座在未来几个月会遇到一件令他幸福的事，这样的预测对所有人都适用，比如碰巧读我们报纸的少年，老处女，或者期待涨工资的会计。不过，咱们来看看游戏吧，亲爱的帕拉提诺。您想到什么了？填字游戏？”

“填字游戏，”帕拉提诺说，“只可惜，我们要做的填字游戏，是问谁在马尔萨拉港登陆的那种。”“假如读者能写加里波第，那已经要谢天谢地了。”西梅伊冷笑着说。

“而外国的填字游戏，它们的定义本身就是另外一种谜语。有一次，法国报纸上出现一道题，叫做 l'amico dei semplici①，答案是草药学家，因为 semplici 的意思不仅仅是头脑简单之人，也是草药。”

“那种东西不是为咱们准备的，”西梅伊说，“我们的读者不仅不知道草药为何物，可能都不知道草药学家是干什么的。他们懂得的只有加里波第，或者爱娃的丈夫，又或者小牛的母亲这类东西。”

这时，玛雅发言了。她的脸庞被一种近乎孩子般的微笑照亮，就像是要做什么淘气的事。她说，填字游戏是可行的，但读者要等到下一期报纸才能知道他的答案是否正确。其实，我们可以装作在前面的几期报纸上面发起了某种竞赛，然后在这一期刊登最有趣的读者答案。她说，比如，可以想象之前曾经要求读者为一些愚蠢的问题提供更加愚蠢的答案。

“在大学的时候，有一次，我们想象出一些非常疯狂的问题和回答，以此取乐。比如，为什么香蕉长在树上？因为假如它们长在地面上，马上就会被鳄鱼吃掉。为什么雪橇要在雪上滑行？因为假如它只能在鱼子酱上面滑行，那么冬季运动就会过于

① 意大利语，草药(或头脑简单之人)的朋友。

昂贵。”

帕拉提诺兴奋起来:“为什么临死之前,恺撒要说:‘还有你吗,布鲁图斯?’因为用匕首刺死他的不是非洲的西庇阿。为什么我们要从左向右写字?因为不然的话,句子就会以一个句号开始。为什么双杠不会相遇?因为假如它们相遇,在上面锻炼的人双腿就会裂掉。”

其他人也激动起来。布拉加多齐奥加入到比赛当中:“为什么手指有十个?因为假如是六个的话,摩西十诫就会变成六诫。为什么上帝是完美的存在?因为假如他不完美的话,那就成了我表弟古斯塔夫。”

我也加入到游戏当中:“为什么威士忌是苏格兰人发明的?因为假如是日本人发明的,那么就会是清酒,也不能掺苏打水喝。为什么大海那么辽阔?因为鱼太多了,把它们放到大圣伯纳山口又是不理智的。为什么母鸡唱一百五十[①]?因为假如母鸡唱三十三,那就会是共济会的大师[②]。”

“等等,”帕拉提诺说,“为什么杯子的口开在上面而不是下面?因为假如相反的话,酒吧就会倒闭。为什么妈妈总是妈妈?

① 出自意大利儿歌歌词。
② 共济会苏格兰礼最高等级会员为33级。

因为假如她变成了爸爸，那么妇科医生就不知如何维持生计。为什么指甲会长长而牙齿不会？因为不然的话，那些神经官能症患者就会吃牙齿了。为什么屁股在下而脑袋在上？因为反过来的话，那么卫生间就很难设计了。为什么腿向里弯而不是向外？因为否则的话，飞机迫降时就会很危险。为什么克里斯托弗·哥伦布要向太阳落山的方向航行？因为假如他朝着太阳升起的方向航行，那么他就会发现弗罗西诺内。为什么手指上会有指甲？因为假如长着眼球，那就成眼睛了。”

发展到这个地步，这场比赛已经无法停止。弗雷西亚重新加入进来：“为什么阿司匹林的药片与鬣蜥不同？因为你们想想反之会发生什么。为什么狗会死在主人的墓前？因为那里没有树供它蹬着小便。于是，三天后它的膀胱就胀爆了。为什么直角是九十度？这个问题出得不好：因为它无法用来测量，而是其他东西来对它进行测量。”

“够了，”西梅伊说，尽管他也不禁露出一丝微笑，“真是大学生的玩意儿。你们忘记了，我们的读者并非对超现实主义有所了解的知识分子，不知道那些艺术家喜欢做一种，怎么说来着，叫做‘精美的尸体’的游戏。读者会把一切当真，并认定我们是疯子。得了，先生们，咱们这是在自娱自乐，但不合时宜。还是回到严肃的建议上面去吧。”

就这样，以“为什么”开始的这个栏目就被淘汰了。真可惜，这个栏目会很有趣。不过，在这件事后，我仔细地端详着玛雅。既然她这么风趣，应该也很可爱。以她自己的方式。为什么说是以她的方式呢？我还没有理解那种方式，但我对此产生了好奇。

然而，弗雷西亚明显受到了打击，她试图提出一些力所能及的建议：“快到斯特雷加文学奖的首轮评选了。我们难道不需要谈谈那些书吗？”她问道。

“总是在谈文化，你们这些年轻人。多亏您没有大学毕业，不然还会建议我刊登一篇五十页的评论文章……”

“我没有大学文凭，但我读书。”

“我们不能过多地涉及文化，因为我们的读者不读书，最多看看《体育报》。我同意，报纸不能没有一个不说是文化，但至少要涉及文化和演出的版面。不过，近期的文化事件要以采访的形式报道。对于作家的采访永远是和风细雨的，因为任何作家都不会说自己作品的坏话，所以，我们的读者不必面对猛烈的抨击，以及过多的蔑视。另外，也要看提什么问题。不需要过多谈到那本书，而要使作者的形象凸显出来，或许还包括表现他的怪癖和弱点。弗雷西亚小姐，您通过促成那些亲密的友谊，在这方面积累了很好的经验。想想如何采访参与评选的作家。当然是想象中的。假如作品讲的是一个爱情故事，那么就要挖掘作者的初恋，或者还有对于竞争对手的恶意。让那本该诅咒的书成为一个人性化的东西，连家庭妇女也能够读懂，也就不会因为没有读过那本书而感到后悔。另外，谁又曾读过报纸评论过的书？一般情况下，连评论者本人都没有读过。假如作者本人读过，那已经是谢天谢地了。对于某些书来说，有时候真的会让人以为连作者都没有读过。”

“噢，上帝，”玛雅·弗雷西亚面色苍白地说，“我永远都无法摆脱那些亲密友谊的诅咒……”

“您不会认为把您叫到这里来，是为了写有关经济和国际政治的文章吧?”

“我也曾经担心被叫到这里会写这些东西，但我希望自己弄错了。”

“得了，别生气。试试写点什么，我们都非常信任您。”

六

四月十五日星期三

一天早上，我记得坎布里亚说:“我在收音机上听说，有研究显示，空气污染正在影响几代年轻人阴茎的大小。在我看来，这个问题不仅涉及儿子，也包括他们的父亲，因为他们总是满怀骄傲地谈论儿子鸡鸡的大小。记得我儿子出生时，在那家医院的新生儿房间里，他们把那个指给我看。我说，他的鸡巴真大啊，然后就去和所有同事说。”

“所有的新生男婴阴茎都很大,”西梅伊说，“而且所有的父亲都会这么说。另外，您知道，医院里经常会把牌子弄错，所以，或许那并不是您的儿子。我可绝对尊敬您的夫人。”

“可是，这个消息与父亲们密切相关，因为那会毒害成年人的生殖器官,”坎布里亚反驳说，“假如这种说法传开了，也就是说它不仅污染世界，还会影响鲸鱼和(请原谅我用这些术语)鸟类，我想我们立刻就会看到一些环保条约的诞生。”

“这很有趣，”西梅伊说，“但谁又能说骑士先生，或者至少是他的客户，会对减少大气污染感兴趣呢？”

“那会是一个警报，而且是极其神圣的。”坎布里亚说。

“也许吧，不过，我们并非要危言耸听，”西梅伊说，“那就成了恐怖主义。您是要质疑我们的天然气管道，石油管道，还有钢铁工业吗？我们可不是绿色环保组织的报纸。我们要让读者安心，而不是警惕。”他想了几秒钟，然后又说：“除非那些对阴茎不利的东西，是一家制药公司生产的，而警告他们又不会令骑士先生感到不悦。不过，那种事情需要就事论事。无论如何，假如你们有什么想法，那就说出来，然后我会决定要不要进一步研究。”

第二天，卢奇迪带着一篇几乎完成的文章来到编辑部。事情是这样的。他的一个熟人收到了一份书信，抬头是：耶路撒冷圣约翰主权军事骑士团——马耳他骑士——维勒迪约圣三位一体普世大修会——瓦莱塔总部——魁北克大修会。信上邀请他成为马耳他骑士，只要预付一笔费用，便能够得到：镶嵌在相框里的证书，徽章，以及各种小玩意。卢奇迪产生了去调查骑士团的念头，于是有了非同寻常的发现。

“你们来听听。我得到一份宪兵的报告。请不要问我是如何得到它的。上面告发了一批伪马耳他骑士团，一共有十六个。别将它们与总部位于罗马的那个真正的耶路撒冷、罗得岛及马耳他圣约翰主权军事医院骑士团[①]混淆了。所有这些团体使用的几乎是同一个名称，之间只有微小的差别。它们彼此承认而又相互混杂。一九〇八年，俄国人在美国创建了一个骑士团。近些年，它由尊贵的罗贝尔托·帕特尔诺·阿耶贝·阿拉贡王子执掌，他还是佩皮尼昂公爵和阿拉贡王室掌门人，并有望登上阿拉贡和巴利阿里王朝的宝座；另外，他还担任帕特尔诺圣阿加塔的白硬领修会以及巴利阿里王国骑士团的大团长。不过，在一九三四年，一个丹麦人从这个派别分离出来，创建了另外一个骑士团，并且把总管的职务授予了希腊和丹麦王子彼得。六十年代，保罗·德·格朗尼埃·德·卡萨尼亚克背弃俄国人的这个分支，在法国创建了一个骑士团，选择南斯拉夫的前国王彼得二世作为他们的保护人。一九六五年，南斯拉夫前国王彼得二世与卡萨尼亚克发生了争执，遂又在纽约创建一个骑士团，希腊和丹麦的彼得王子变成了大修道长。一九六六年，某个叫做罗伯特·巴萨拉巴·冯·什兰克万·金吉雅克维力的人，成为了这个骑士团的总管，却遭到排斥。于是，他另外创建马耳他普世骑士团，蒙菲拉托的维戈·

① 简称马耳他骑士团，是联合国观察员，具有准国家性质。

拉斯卡里斯·阿雷拉米克·帕雷奥罗戈的科斯坦蒂诺·恩里克三世，将在王国和帝国的层次为他们提供保护。此人自称拜占庭王位继承人帖撒利王子，随后建立了另外一个马耳他骑士团。接着我又发现，罗马尼亚的卡罗尔王子在与卡萨尼亚克决裂之后，建立了一个拜占庭保护国；另外，还有一个大修会，那里的大行政官，是一个叫做托纳巴尔特的人，而南斯拉夫的安德烈王子——他曾是彼得二世创建的骑士团的大团长——则成为俄罗斯大修会(后来成为马耳他和欧洲皇家大修会)的大团长。六十年代，又有施瓦贝男爵和维托里奥·布萨创建的一支骑士团，后者是维克多·帖木儿二世，比亚韦斯托克东正教的大主教，西部和东部散居民族的族长，格但斯克共和国和白俄罗斯民主共和国总统，鞑靼和蒙古的大汗。一九七一年，前面已经提到的罗贝尔托·帕特尔诺王子，与阿拉罗男爵兼侯爵，又建立了一个国际大修会；一九八二年，另外一个帕特尔诺家族的成员成为了这个修会的保护人，也就是君士坦丁堡的莱奥帕尔迪·托马西尼·帕特尔诺，皇家族长，东罗马帝国的继承人，遵从拜占庭式礼仪的使徒天主教东正教教会合法继承人，蒙特阿佩尔托侯爵，波兰王位继承人。一九七一年，在马耳他诞生了耶路撒冷圣约翰主权军事骑士团(就是我调查的起点)。它是从巴萨拉巴那支骑士团分裂出来的，处于亚历山大·里卡斯特罗·格里马尔迪·拉斯卡里斯·康内诺·文提米亚，拉沙斯特公爵，代奥尔王储和侯爵的高度保护之下。如今，这个骑士团的大团长是卡尔洛·斯提瓦拉·迪·弗拉维尼侯爵。在里卡斯特罗去世之后，他与皮埃尔·帕斯鲁联手，后者继承了里卡斯特罗的头衔，以及比利时天主教东正教教会大主教，耶路撒冷圣殿主权军事骑士团大团长，遵从古老东方仪式与孟菲斯—麦西联合仪式的共济会大法师和圣职者。差点忘了，刊登时可以写成郇山隐修会的成员，就像耶稣基督的后代，迎娶了抹大拉的马利亚，成为墨洛温王朝血统的缔造者。”

“仅仅是这些人物的名字，就会成为新闻，”西梅伊说，他正在美滋滋地做着笔记，“想想吧，先生们，保罗·德·格朗尼埃·德·卡萨尼亚克，里卡斯特罗(怎么说来着?)·格里马尔迪·拉斯卡里斯·康内诺·文提米亚，卡尔洛·斯提瓦拉·迪·弗拉维尼侯爵……”

“……罗伯特·巴萨拉巴·冯·什兰克万·金吉雅克维力。”卢奇迪兴奋地提醒。

“我认为，”我插话说，“我们的很多读者也曾经因为此类的建议受过骗，我们来帮助他们远离这种投机行为。”

西梅伊犹豫了片刻，然后说他要想一想。第二天，很明显他已经打听过了，于是向我们宣布，我们的出版商让人们叫他骑士，因为他被授予了伯利恒圣母骑士团的骑士称号。“现在发现这个伯利恒圣母骑士团也是一个骗局。骑士团真正的名称是耶路撒冷的圣母，也就是耶路撒冷圣母马利亚条顿骑士团，是得到《宗座年鉴》承认的。当然，从今往后，连这个我也不相信了。梵蒂冈制造了那么多麻烦。无论如何，伯利恒圣母骑士团封的骑士，就好像是本格迪的市长。你们想要刊登一篇文章，令我们的骑士遭到怀疑，甚至变得可笑吗？让每个人都保留自己的幻想吧。我很遗憾，卢奇迪，但我们必须把您这篇精彩的文章丢到垃圾桶去。”

“您的意思是说，对于每篇文章，我们都要看骑士是否喜欢吗?”坎布里亚问。像往常一样，他专门提一些愚蠢的问题。

“必须如此,”西梅伊回答，“就像人们所说的，他是我们的股东。”

此时，玛雅鼓起勇气，谈起了她有可能进行的一项调查。事情是这样的。在提契内塞门附近，一个游客日益众多的区域，有一家兼营披萨的饭馆，名字叫做麦秸与干草。玛雅住在运河边上，几年以来都从那里经过。这家餐馆非常宽敞，透过窗户可以隐约看到里面至少有一百个座位。除了几个游客在外面的小桌子上喝咖啡以外，餐馆总是空荡荡的，令人感到惋惜。不过，那里并非一处废弃的所在。出于好奇，玛雅曾经去过一次。除了她，只有一家人坐在距离她二十个桌子左右以外的地方。她点了一份麦秸和干草套餐，也就是四分之一升白葡萄酒和一块蜂蜜蛋糕。食物都非常可口，而且价格合理，侍者也很和气。如今，假如什么人经营一家如此宽敞的餐馆，包括人工，厨房及其他开支，却长年累月没有人光顾，要是一个理智的人，就应该处理掉它。然而，日复一日，麦秸与干草始终开着门。或许已经有十年，三千六百五十天，它始终开在那里。

“这其中暗藏谜团。”科斯坦扎说。

“并没有那么神秘，”玛雅说，“原因非常明显：这个餐馆属于三合会①，或者黑手党，又或者是科莫拉。它是用黑钱买下来的，在光天化日之下却是一项好投资。不过，你们会说，创建那个空间，投资就已经实现了它的价值。他们完全可以让餐馆歇业，而不是再把钱投进去。事实却并非如此，它仍然在营业。为什么呢?”

“为什么?”提问的还是坎布里亚。玛雅的回答说明她有个精明的小脑袋。“这个餐馆的作用，是把日复一日源源不断送来的黑钱洗干净。你为碰巧来的极少几个客人服务，但每天晚上打一些小票，就好像你有一百个客人。做了申报之后，你把收入存进银行。或许是为了不让别人看见所有那些现金，鉴于没有人用信

① Triad，历史上的反清秘密组织，现泛指华人组成的黑社会犯罪组织。

用卡付账，你在二十家不同的银行开了户头。这些钱已经成为合法资本，你大大方方地扣除所有经营和必需品的费用(搞假发票并不容易)，然后再按照要求完税。众所周知，要想洗黑钱，就必须做损失一半的打算。通过这种方法，你的损失会小很多。”

“可是，要如何证明这一切呢?”帕拉提诺问。

“很简单,”玛雅回答说，“找两个金融警察到那里去吃饭，也许是他和她，看上去就像是一对新婚夫妇。他们一边吃，一边环顾四周，发现另外只有两个客人。第二天，金融警察去检查，发现收款机打了一百张小票，我想看看他们怎么回答。”

“事情没有这么简单,”我说，“两个金融警察到了那里，就算是八点钟。不论他们吃多少，过了九点也必须走，否则就会被怀疑。谁能证明那一百个客人不是在九点到半夜之间去的呢？那么，你就要派三到四对警察，以便调查能够持续整个晚上。这样，假如第二天早上进行检查，那么会发生什么呢？要是发现谁没有交税，金融警察会兴高采烈。可是，假如谁超额报税，他们又能怎么办呢？那些人可以说他们的收款机卡住了，一直打个不停。你又能怎样，进行第二次检查吗？他们也不是傻子，已经认出了那些金融警察。假如那天晚上警察再去，他们就不打印假的小票。又或者金融警察要连续几个晚上检查，出动一半的警力去吃披萨。或许在一年的时间里可以让他们倒闭，但是，可想而知警察会在此之前厌倦，因为他们会有其他事情要做。”

“总之，”玛雅又气鼓鼓地说，“找出一个复杂的解决方法，那是金融警察的任务，我们只需要把问题指出来。”

“亲爱的，”西梅伊善意地对她说，“我来告诉您，假如咱们把这个调查刊登出来，会发生什么。首先，金融警察会成为我们的敌人，因为我们责备他们没有注意到那个欺诈行为。那些人明白如何进行报复，假如不是针对我们，就会针对骑士先生。另外，您也说了，我们的敌人还会有三合会，科莫拉，光荣会，或者是其他的什么，您觉得他们会高兴吗？而咱们就在这里老老实实地，等着他们哪天在编辑部放一颗炸弹？最后，知道我要跟您说什么吗？一家价格便宜，如同出自侦探小说的餐馆，会令我们的读者兴奋。那些白痴会把麦秸与干草挤满，而我们得到的全部结果就是帮它发了财。所以，我们放弃这个调查。您还是安安静静地，回去写那些星座运势吧。”

七

四月十五日星期三晚

看得出来，玛雅十分失望，于是，我在出门的时候追上了她，并在不觉间挽起她的胳膊。

“别生气，玛雅。来吧，我陪您回家。路上咱们喝点儿什么。”

“我住在运河边，下面停满了小船。我认识其中的一条，那里调的贝利尼鸡尾酒特别好喝，是我的最爱。谢谢。”

走近提契内塞门附近的河沿儿，我第一次见到了运河。我当然听说过运河，但以为它们都是在地面下流淌。在这里，我却感觉像是在阿姆斯特丹。玛雅带着几分骄傲地对我说，从前的米兰果真就像阿姆斯特丹一样，环形的水渠从城中穿过，甚至一直通到市中心。那景致肯定美极了，所以，司汤达才会如此喜欢这里。可是后来，出于卫生的考虑，运河被盖了起来，只有在某些地方才能够找到，但水也是腐烂的。从前，这里还有浣衣女在河边劳作。不过，再朝里走，仍旧可以看到几小段运河，一排排的老房子和许多带铁栏杆的房子。

对于我来说，即使是带铁栏杆的房子，也是一种表达的声音，或者五十年代的画面，我在编辑百科全书时遇到过。在这里，我要提到贝尔托拉齐在小剧场演出的《我们的米兰》。不过，那部话剧中的景象，我同样认为是来源于十九世纪。

玛雅笑了起来。"米兰仍旧到处都有带栏杆的房子，只不过里面居住的不再是穷人。来，我指给您看。"她带我走进一座两进的院落，"这里的第一层完全是翻修过的，开了一些小型古玩店——实际就是一些旧货商，他们装模作样，出价昂贵——和努力想要出名的画家的工作室。如今，一切都是为游客准备的。不过，高处的两层还是和从前一样。"

我看往上面两层房间，发现房门都朝向走廊，而且门前都装有铁质的栏杆。于是，我问她如今是否还有人把衣服晒在外面。

玛雅笑着说："咱们可不是在那不勒斯。这里的一切都经过翻修。从前楼梯直接通向走廊，从那里可以进入家中。只有在走廊尽头有一个小卫生间，供很多家庭使用，还是土耳其式的，淋浴和卫生间都是做梦。如今，所有的一切都为富人重新装修过了，有些套房里甚至有冲浪式浴缸，价格十分昂贵。我住的地方租金相对便宜，是一套两居室，但墙壁漏水。还好，他们为我在墙上开了个洞，可以装上马桶和淋浴。但是，我喜欢这个街区。当然，很快他们也会翻修那里，然后我就不得不离开，因为我出不起那个租金。除非《明日报》尽快发行，而且我能够被正式雇用。为了这个目的，我能够忍受所有侮辱。”

“不要生气，玛雅。在试运行阶段，需要弄清楚哪些事情可以讲，哪些不行。另外，西梅伊对报纸和出版商都负有责任。或许在您负责那些亲密友谊时，一切都是有用的。但是这里不同，我们是在考虑办一份日报。”

“就是出于这个原因，我才希望走出那个爱情垃圾的圈子。我想成为一名严肃的记者。不过，或许我是个失败者。为了帮助父母，我没有大学毕业。他们去世之后，重新开始又已经太迟。我处在一个洞里，永远也不能成为，比如说报道海湾战争的特派记者……我在做什么？星座运势，拿那些轻信的人开玩笑。这不是失败吗？”

“咱们才刚刚开始。等一切走上正轨，像您这样的人就会获得其他发挥的空间。到目前为止，您提出了非常好的建议。我很喜欢，而且，我认为西梅伊也是喜欢的。”

我感觉到自己在跟她说谎。我本来应该说，她走进了一个死胡同。他们永远都不会把她派到海湾去，而且，或许她最好逃走，不然就太晚了。可是，我不能让她更加沮丧。我发自内心地想对她道出实情，但不是关于她，而是关于我。

由于我要向她敞开心扉，就如同一位诗人，所以，在几乎无意识的情况下，就开始对她以“你”相称。

“你瞧瞧我。正如你所看到的，我也没有大学毕业，总是做一些打杂的活儿，五十多岁落到了一家报社。不过，你知道我从什么时候开始成为一个真正的失败者吗？就是当我开始认为自己是个失败者的时候。假如我不是翻来覆去地想，那么至少也能赢一手。”

“您已经五十多岁了吗？看不出来啊。也就是说您看上去不像。”

“你认为我只有四十九岁？”

“不是的。对不起，你是一个英俊的男人。给我们上课的时候，能够感觉到你具有幽默感。这标志着活力、青春……”

“或许是标志着智慧，也就是衰老。”

“不，看得出你并不相信自己说的话。不过，很明显你愿意冒这个险，而且是以玩世不恭的态度……怎么说呢……你充满快乐。”

充满快乐？她身上同时具有快乐与忧郁两种因素。她看我的眼神，就如同（一个糟糕的作家会怎么说？）小鹿一般。

像小鹿吗？得啦，那是因为她一边走，一边自下而上打量我，因为我比她高。仅此而已。任何女人仰着头看你，都像个孩子。

与此同时，我们来到她所说的小酒吧。她小口品着自己的贝利尼鸡尾酒，而面对威士忌，我同样心平气和。我又在关注一个并非妓女的女人，感觉自己重返青春。

也许是因为酒精，我开始倾诉。我已经多久没有向什么人倾诉了？我对玛雅说，自己曾经有过一个妻子，后来她弃我而去。我还对玛雅说，我之所以被前妻征服，是因为最开始的时候，有一次我把事情搞糟了。为了给自己开脱，我向她道歉，说或许我是个傻瓜。她却说喜欢我，即使我是个傻瓜。此类事情能够令人为爱而疯狂。不过，后来她可能发现我比她能够承受的还要愚蠢，于是故事就此结束。

玛雅笑了(多漂亮的爱情告白：我喜欢你，尽管你愚蠢!)，然后对我说，尽管她比我年轻，且从来不认为自己愚蠢，却同样有过一些不幸的经历。这或许是因为她无法忍受他人的愚蠢，又或者因为所有与她同龄或稍微年长的人，在她看来都不成熟。“就好像我已经成熟了似的。你看，我已经几乎三十岁了，可还是个老处女。我们永远无法满足于已有的东西。”

三十岁？在巴尔扎克那个年代，一个三十岁的女人已经凋谢了。假如不是眼睛周围有一些细小的皱纹，就像是哭过很久，或者是因为有畏光症，总是在阳光下眯着眼睛，玛雅看起来只有二十岁。

“没有比两个失败者的愉快相遇更大的成功。”我说。话刚一出口，我几乎感到恐惧。

“傻瓜。”她轻声说。随后，她为那种过分的亲昵而感到不安，因此道了歉。“没事，我甚至要感谢你，”我对她说，“没有谁这么诱人地对我说过傻瓜这个词。”

我走得太远了。还好，她迅速改变了话题。“他们希望这里像哈利酒吧①，”她说，“但他们甚至不知道烈酒应该如何摆放。你看，在各种威士忌当中，有一瓶哥顿金酒，而蓝宝石金酒和添加利金酒却被放在另外一边。”

“什么？在哪儿？”我一边问，一边向前望去，那里只有几张桌子。“不，”她对我说，“在柜台上，不是吗？”我回过身。她说得对，但她怎么能够认为我也能看见她所看到的东西呢？这仅仅是我随后发现的一个先兆，而那样的一个发现，也是在喜欢诽谤他人的布拉加多齐奥的帮助下才做到的。在那一刻，我并没有太在意，而是借机要求埋单。我又对她讲了几句安慰的话，然后就陪她向一扇大门走去。从那里可以隐约看见一个过道，一个做床垫

---

① Harry's bar，意大利著名酒吧。

的铺子就开在那里。尽管电视里在播放弹簧床垫的广告，好像还是有人在做床垫。她向我表示感谢:“现在我平静了。”她冲我笑着，一边把手伸了过来。她的手是温热的，而且充满感激。

我沿着运河走回家，感觉这个米兰比起布拉加多齐奥描述的那个更加友善。我要更好地了解这座城市，它具有如此多的惊人之处。

八

四月十七日星期五晚

接下来的几天，每个人都在家里完成自己的功课(如今我们这样称呼这些工作)。西梅伊与我们谈论的这些项目并不会立即进行，而只是要开始思考。“我还不知道会用在试刊一号，还是试刊二号上。不过，即使是试刊一号，我们也还空着很多版面。不是说我们一开始就要像《晚邮报》那样出六十页，但至少应该有二十四页。其中的几页可以用广告来填充。没有人做广告没有关系，咱们可以从别的报纸上摘，就好像是有人投放了广告。与此同时，我们可以给出资人信心，让他从中看到未来会有很好的收益。”

“可以增加一个小的讣告专栏，”玛雅建议道，“那也是钱啊。让我来编吧。我喜欢让那些姓名奇特的人死掉，也包括那些伤心至极的家人。在重要人物去世的时候，我尤其喜欢他们身边那些悲痛的人。他们既不在乎死者，也不在乎死者的家人，而是把讣告当作攀亲亲。目的是说，你们看，我也认识他。”

她像往常一样尖刻。不过，那天晚上一起散步之后，我跟她保持着一定的距离，她也同样非常矜持。我们二人在感情方面都十分脆弱。

“讣告很不错，”西梅伊说，“但首先要完成那些星座运势。不过，我在想另外一件事。我说的是 casini，也就是从前的妓院。如今大家都用 casino 这个词，所以，再用 casini 称呼它就没有了意义。我记得那些地方。一九五八年他们关闭妓院的时候，我已经是成年人。”

“我也已经成年，”布拉加多齐奥说，“而且到很多家妓院探访过。”

“我说的不是位于吉雅拉维勒大街的那家，那是一家真正的妓院。门口设有小便池，士兵们进门之前可以先排泄一下……”

“……那些身材走样的肥胖妓女迈着大步从那里经过，在士兵们和受到惊吓的外省人面前吐出舌头。老鸨喊叫着：年轻人，你们还在那里磨蹭什么……”

“拜托，布拉加多齐奥，这里还有一位女士。”

“假如你们要写这个的话，”玛雅毫无尴尬地说，“应该说那些半老徐娘慵懒地散着步，在被欲火灼烧的客人面前，着力表演着妩媚的哑剧……”

“很好，玛雅。不一定要这样写，但需要找到一种微妙的语言。我曾经迷恋那些值得尊敬的妓院，比如城墙边的那家圣乔万尼，或者叫做自由妓院的那家，那里全是知识分子。他们到那里去不是为了性(那些人是这么说的)，而是为了艺术史……”

“噢，鲜艳花朵街的那家里面五颜六色的瓷砖，完全是艺术性的装饰，”布拉加多齐奥说，声音里充满怀念，“谁知道我们的读者当中还有多少人记得那里。”

“当时尚未成年的人，在费里尼的电影里见识过那些地方。”我说，“假如你记忆中没有一些东西，就会在艺术中寻找。”

“您看着写吧，布拉加多齐奥，”西梅伊总结道，“给我写一篇有滋有味的文章，比如‘美丽的旧时光并非如此丑陋’这类的东西。”

“但是，为什么要重提那些妓院呢?”我疑惑地问，“即使这件事刺激了那些老男人，也会使那些老女人反感。”

“科洛纳，”西梅伊说，“我要告诉您一件事。在一九五八年妓院关闭之后，快到六十年代的时候，有人买下了位于鲜艳花朵街的那个妓院，把它改建成一家餐馆。瓷砖都是彩色的，非常时尚。不过，他们保留了一两个房间，还给浴缸镀了金。您知道有多少激动的女士，要求同丈夫一起去参观那些阴暗的小房间，以便了解在那些久远的年代里发生了些什么……之后，当然这种情形仅仅持续了一阵子，之后，女士们厌倦了，又或者那里的饮食并不能与其余的部分相称。餐馆关门了，故事也就此结束。不过，您听我说，我正在思考以这个主题设计版面：左侧是布拉加多齐奥的文章，右侧是对于郊区街道上堕落现象的调查，那里有流动妓女们不体面的交易，晚上你都不能带孩子从那里经过。两种现象之间不作任何评论，而是让读者自己得出结论。每个人都会在心里同意恢复那些健康的妓院：妻子们会赞成这样做，因为丈夫们不会再把汽车停在路边，载上一个妓女，使车里弥漫着廉价香水的味道；男人们也会同意，这样他们就可以在这里的某个走廊上放纵。假如有人向你问起，你可以说自己只是从那里经过，为了看看这个街区的特色，或许就是为了看看那家自由妓院。谁去为我做这个调查？”

科斯坦扎说他愿意负责，所有人都同意。在那些街道边上度过几个夜晚，汽油花费太大。另外，也有可能会撞上巡逻的风化警察。

那天晚上，玛雅的眼神给我留下了深刻的印象。她好像觉察到自己进入了一个蛇穴。因此，我抛下自己所有的谨慎，等着她从办公室里出来。我在人行道上等了几分钟，跟别人说要去一家药店，所以需要留在市中心。随后，我在半路上和她相遇，因为我知道她的必经之路。

“我不干了，我不干了，”她几乎哭着对我说，整个人都在颤抖，“我到底落入了怎样的一份报纸啊？我之前调查的那些亲密友谊至少不会伤害任何人，最多让伺候女士的理发师发点小财。因为女士们到那里去，正是为了阅读我供职的那些小杂志。”

“玛雅，不要见怪。西梅伊想在思想方面做些尝试，并不一定要把所有那些东西都刊登上去。我们还处于思考的阶段，大胆地做一些假设和设计某些场景。这是一次很好的尝试。没有任何人要求你乔装成妓女，到大街上去采访她们。不过，今天晚上一切都让你不顺心，你必须停止去想。去看场电影如何？”

“那里有一部我已经看过的电影。”

“哪里，那家吗？”

“咱们刚刚经过的那家，在马路对面。”

“我刚才挽着你的胳膊，并且一直看着你，所以并没有看马路的另一边。你知道你是特别的家伙吗？”

“你从来都看不见我所看的东西，”她说，“不管怎样，去电影院吧。咱们买张报纸，看看附近放什么电影。”

我们去看了一场电影，但我什么都不记得了，因为我感到她始终在颤抖，于是握住了她的手。这一次，她的手同样温热而且怀着感激。我们就像恋人一样坐在那里，但是像圆桌骑士里面写的那样：在睡觉的时候，会把一柄宝剑放在两个人中间。

我把她送回了家，此时她的精神已经稍稍恢复。我如同兄弟般亲吻了她的额头，又轻轻拍了拍她的面颊，以一个年长的朋友所应采取的适当的方式。说到底(我心里想)，我都可以做她的父亲了。

几乎是她的父亲。

九

四月二十四日星期五

那个星期，工作进行得三天打鱼两天晒网，仿佛所有人的工作愿望都不强烈，也包括西梅伊在内。另外，一年十二期并不意味着要每天出一期。我在阅读最先完成的几篇文章，统一它们的风格，铲除那些生僻的字眼。西梅伊对此表示赞同："先生们，我们是在办报纸，不是做文学。"

"顺便说一句，"科斯坦扎插话说，"如今，手机正在普及。昨天，火车上坐在我身边的一个人喋喋不休地谈论他与银行的关系，于是我了解到他的所有事情。我认为人们开始变得疯狂了。需要培养某种风尚。"

"手机这回事，"西梅伊反驳道，"不可能持久。首先，价钱过于昂贵，只有少数人用得起。其次，人们会发现不需要随时给所有人打电话，他们会因为失去面对面讲话的机会而痛苦。另外，到了月末，他们会发现话费单上的数字大到无法承受。这种时尚注定会在一年，最多两年的时间里结束。目前，手机只对那些搞外遇的人有用，以便保持联系而不必使用家里的电话；又或者是那些水管工，这样，即使他们在外面，也可以打电话找到他们。对于其他人，手机毫无用处。我们的大部分读者都没有手机，关于这种风尚的文章他们也没有兴趣。对于有手机的那些少数人，这种文章也无关痛痒，他们甚至会认为我们傲慢，是彻底的左派时髦人士。"

"不仅如此，"我插话说，"想想洛克菲勒和阿涅利，又或者美国总统。他们不需要手机，因为有一群群的秘书在负责他们的生活。所以过不了多久，我们就会发现只有普通人在用手机，也就是那些需要让银行找到他们，以便通知他们的户头出现赤字的人；他们的上司也需要能够联系到他们，以便检查他们是否在工作。这样，手机会成为一种社会地位低微的象征，任何人都不会想拥有它。"

"我可没有这么肯定，"玛雅说，"就好像是成衣，或者是毛衣、牛仔裤和披肩的搭配，无论上层社会的夫人还是女工，都能消费得起；只不过后者不懂得如何把这几种服饰搭配起来，又或者认为受人尊敬的方式仅仅是穿着崭新的牛仔裤，而不是膝盖磨损的那种，还要配上高跟鞋，所以立刻就能发现她们不是上层社会的女士。然而，女工并不会注意到这一点，于是继续兴高采烈地穿着搭配糟糕的衣服，却没有发现正在亲手毁掉自己。”

“或许她们会读到《明日报》。我们会告诉她，她并非一位夫人。还有，她的丈夫可能只是个普通人，甚至与人通奸。另外，或许维梅尔卡特骑士瞄准了某个手机企业，想要进行调查，我们就会为他提供这篇精彩的文章。总之，这个题材要么无足轻重，要么过于棘手。咱们还是放弃吧。就像电脑一样。在这里，骑士同意让我们每人拥有一台，因为方便写作和数据归档。尽管我是个老派的人，始终不知道怎么使用它。我们大部分读者也像我一样。他们不需要电脑，因为没有数据需要归档。不要在大众心里制造自卑情结。”

那一天，在放弃了关于电子产品的讨论之后，我们开始阅读一篇必须修改的文章。布拉加多齐奥说:“莫斯科的愤怒？总是使用这些夸张的表达方式不会显得平庸吗？总统的愤怒，退休人员的怒火，等等。”

“不会，”我说，“读者期待的正是这种表达方式，所有报纸都为他们培养了这样的习惯。只有说我们狭路相逢，政府宣布正面临一段上坡路，充满了血泪艰辛，总统府已经准备好应战，克拉克西展开了猛攻，时间急迫，不能想当然，没有时间犹犹豫豫，我们处于水深火热之中，也就是说我们位于飓风的中心。政治家不是在说话或者有力地肯定，而是讲话铿锵有力。警察行动具有职业水准。”

“我们当真要谈职业水准吗?”玛雅加入了讨论，“在这里，所有人都凭着职业水准在工作。当然，一个建筑工地的工头砌了一堵墙，而这堵墙没有倒，那么他的做法就是具有职业水准。职业水准应该是一种规范，我们应该谈的是那个懒惰的工人，他砌了一堵墙，然后墙塌了。当然，假如我叫来水管工，而他帮我疏通了洗手池管道，我感谢他，对他说你真能干，谢谢，但我并不会说您表现出了职业水准。难道要像米老鼠系列故事里面的那个水管工人，后来被发现是个小贼。总讲职业水准，好像那有多么了不起，会让人以为通常情况下大家的工作都很糙。”

“的确,”我接着说道，“人们会想，通常情况下大家的工作都很粗糙，需要展示一些具有职业水准的事例。这是一种更加具有技术含量的说法，意思是一切进行顺利。宪兵抓住一个偷鸡贼?在这件事上面，他们的确表现出了职业水准。”

“就比如说：那个善良的教皇。可想而知，此前的教皇都很邪恶。”

“说不定人们果真是这么想的，否则就不会称他为‘善良的教皇’。你什么时候见过庇护十二世的照片？要是在一部〇〇七的电影里，他们会认为他是幽灵的头儿。”

“可是，报纸说约翰二十三世是个好教皇，所有人也都跟着这么说。”

“的确如此。报纸教导人们应该如何去想。”西梅伊打断我的话。

“但报纸应该迎合人们的倾向，还是创造这些倾向？”

“二者兼而有之，弗雷西亚小姐。开始的时候，人们并不知道自己有什么倾向，然后我们给予他们一种倾向，于是他们觉察到自己有了倾向。咱们别整那么多哲学，还是按照职业水准去工作吧。来，继续说吧，科洛纳先生。”

“好的”，我继续说道，“我把那个清单列完：需要两全其美，紧跟潮流，上阵作战，大出风头，尽力而为，摆脱困境，生米煮成熟饭，一往无前，我们要擦亮眼睛，大海捞针，风向变了，电视的影响力犹如狮子一般，只给我们留了点儿面包屑，咱们重新步入正轨，收视率受到沉重打击，发出强烈信号，耳听八方，他遭到了重创，三百六十度转变，芒刺在背，派对结束了……尤其是要道歉。英国圣公会向达尔文道歉，弗吉尼亚州为奴隶制道歉，意大利国家电力公司为停电道歉，加拿大政府正式向因纽特人道歉。不能说教会重新审视了过去在地球运转方面的立场，但教皇向伽利略道歉。”

玛雅拍了拍手说："的确如此，我从来都没弄明白，这种道歉的时尚到底意味着一股谦卑之风，还是更多地出自厚颜无耻：有些事情你不应该做但还是做了，然后道个歉，就当事情没有发生过。我想起以前一个关于牛仔的笑话：他在草原上骑马驰骋，听到天空传来一个声音，命令他到阿比林去；到了阿比林，那个声音又让他进入一个沙龙，把所有钱都压在数字五的那个轮子上面。受到天空中那个声音的诱惑，牛仔听从了它的命令，然后摇出的是数字十八。于是那个声音小声说：'可惜，咱们输了。'"

我们都笑了，然后开始谈论其他话题。我们仔细阅读了卢奇迪那篇关于特利乌左养老院的文章，然后进行了半个多小时的讨论。后来，西梅伊冲动地做起了艺术资助人，从下面的酒吧为所有人叫来了咖啡。玛雅坐在我和布拉加多齐奥中间，小声说："我会采取完全不同的做法。我是说，假如报纸面对的是一群思想更加成熟的读者，我会很高兴设立一个唱反调的专栏。"

"就是与卢奇迪的意见相反？"布拉加多齐奥疑惑地问道。

"不，你在说什么？我是要和老生常谈唱反调。"

"就是我们半个多小时之前谈的那些事。"布拉加多齐奥说。

"是，不过我始终在想。"

"我们可没有。"布拉加多齐奥干巴巴地说。

他的反对似乎并没有使玛雅受到打击。她几乎把我们看作失忆者:“我的意思是，与飓风中心或者部长大发雷霆这类说法唱反调。比如：威尼斯是南欧的阿姆斯特丹，有时候幻想会超越现实，我声明我是种族主义者，硬性毒品是大麻的前奏，请你不要弄得像在自己家一样，咱们还是以您相称吧，寻欢作乐的人总是幸福的，我虽然糊涂，但是并没有老，对于我来说阿拉伯语就是数学，成功改变了我，说到底墨索里尼同样做过很多令人厌恶的事，巴黎很丑而巴黎人很友善，在里米尼所有人都在海滩上，从来都不会踏进迪厅，他把所有的资产都转移到了巴蒂帕利亚。”

“是，就好像说整个蘑菇都中了一家人的毒。可是，到哪里去找所有这些梦呓呢?”布拉加多齐奥问。

“几个月前出版的一本书里就有一些,”玛雅说，“对不起，当然那些东西对于《明日报》并不合适。没有人愿意猜这些。或许该下班了。”

“听我说,”布拉加多齐奥后来对我说，“跟我来，我太想给你讲一件事。假如不把它说出来，我就要憋死了。”

半个小时后，我们又一次来到了那家叫作莫里吉的小餐馆。不过，在去那里的路上，布拉加多齐奥还不愿意透露他的发现。他说:“你应该注意到玛雅的病症所在了吧。她有自闭症。”

“自闭症？患自闭症的人都会封闭自己，不与人沟通。你为什么说她是自闭症呢?”

“我读到过一篇关于自闭症最初症状的试验的文章。假设在一个房间里，有我，你，以及皮埃利诺，一个患自闭症的小孩。你对我说，把一个小球藏在某个地方，然后出去。我把球放在了一个花瓶里。等我出去之后，你从花瓶里把球拿出来，放在一个抽屉里。然后你问皮埃利诺：等布拉加多齐奥先生回来，他会到哪里去找小球呢？皮埃利诺会说：到抽屉里，不是吗？也就是说，皮埃利诺并不认为在我的思想里，小球还在花瓶里，因为在他的思想中，小球已经在抽屉里了。皮埃利诺不懂得替别人着想，他认为所有人的脑袋里都装着和他脑袋里一样的东西。”

“可是，这不是自闭症。”

“我不知道这是什么，或许是一种轻度自闭症，就好像容易为小事生气是偏执症的第一阶段。不过，玛雅就是这样的，她没有办法从别人的角度考虑问题。她认为所有人都和她想法一致。你没有看到吗，那天，到了某个时候，她说它与此无关，而这个‘它’是咱们一个小时之前谈论的事情。她还在继续思考，又或者事情在那一刻回到她的脑袋里，可是，她想不到我们并不再想那件事情。我跟你说，她至少是疯了。而在她说话的时候，你始终在看着她，就好像她说出的是一个圣谕……”

我觉得他在说蠢话，于是用一句俏皮话打断了他:“传播圣谕的都是些疯子。她可能是库迈女祭司的后代。”

我们来到那家餐馆，接着，布拉加多齐奥打开了话匣子。

“我有一则独家新闻。假如《明日报》已经开始发行，我可以让它的销量达到十万份。可以这么说，我想要一个建议。我应该把逐渐发现的东西交给西梅伊，还是卖给另一份报纸，一份真正的报纸？这是一则爆炸性新闻，涉及到墨索里尼。”

“我不觉得这是一个具有现实性的故事。”

“它的现实性，就是发现到目前为止，有人一直在欺骗我们，甚至是很多人，所有人。”

“什么意思?”

“说来话长。现在我仅仅有一个假设。没有车，我就没有办法到必须去的地方，询问幸存的目击者。无论如何，咱们先从尽人皆知的事实开始，然后我再告诉你为什么我的假设可能是合乎情理的。”

布拉加多齐奥仅仅是从广义上为我概括了被他定义为“众所周知”的故事。他说，这些说法太简单了，不可能是真的。

也就是说，盟军突破了哥特防线，向北部的米兰挺进。战争已经失败，一九四五年四月十八日，墨索里尼放弃加尔达湖，来到米兰，躲进了市政厅。他还在向部长们咨询，是否可能在瓦尔泰利纳一处要塞进行抵抗，但已经为自己的结局做好了准备。两天后，他接受了人生中最后一次采访。采访他的是加埃塔诺·卡贝拉，元首最后的忠实追随者之一，也曾经负责过共和国最后一份报纸：《亚历山德里亚人民报》。四月二十二日，元首向共和国卫队做了最后一次讲话，大致说："假如祖国失败，生活也就没有意义。"

接下去的几天，盟军抵达帕尔马，热那亚也被光复。在那个命中注定的四月二十五日，工人占领了塞斯托圣乔瓦尼的工厂。下午，墨索里尼和几个手下，其中包括格拉齐亚尼将军，在大主教府邸得到了枢机主教舒斯特的接见，后者还安排他与民族解放委员会代表团会面。见面之后，迟到的亚历山德罗·佩尔蒂尼在楼梯上与墨索里尼擦肩而过，但这可能是传说。民族解放委员会要求无条件投降，他们还警告说，就连德国人都已经开始与他们接洽。法西斯分子(留到最后的人总是最绝望的)不接受以可耻的形式让步，要求有时间思考，然后就离开了。

晚上，抵抗运动的几个首领不能容忍对手再考虑下去，于是下令全面起义。就这样，墨索里尼率领一队忠于他的人逃往科莫湖。

他的妻子蕾切尔，以及儿女罗马诺和安娜玛丽亚也来到科莫湖。然而，墨索里尼拒绝与他们相见，这一点难以解释。

“为什么呢?”布拉加多齐奥提醒我注意，“因为他在等待情人克拉拉·贝塔西与他会合吗?可是，既然她还没有到，花十分钟与家人见见面又能费什么事呢?请注意这一点，因为我的怀疑就从这里开始。”

在墨索里尼看来，科莫湖是一个安全的基地，因为据说周围的游击队很少，他可以在那里躲到盟军到达为止。事实上，这是墨索里尼真正面临的问题，也就是不要落到游击队手里，而是要把自己交给盟军，以便得到正规的审判。随后的事，日久自明。又或者，他认为可以从科莫湖到瓦尔泰利纳去。在那里，像帕沃利尼这样忠于他的人可以保证他的安全，还可以借助一千人的队伍组织有效的抵抗。

“然而，在这个时候，他们放弃了科莫湖。请不要问我那支倒霉的队伍是如何来回躲藏的，因为我也弄不明白。从我调查的目的来讲，他们要到哪里去，或者要回到哪里，并不太重要。咱们权且认为他们是朝梅纳焦的方向走，或许是试图去瑞士。后来，这支队伍走到卡尔达诺，贝塔西也追上了他们。在那里，出现了一支德国卫队，他们接到希特勒的命令，要把他的朋友带到德国去(也许基亚文纳有一架飞机在等着他们，好把墨索里尼安全送到巴伐利亚)。不过，有人认为到达基亚文纳是不可能的，于是这支队伍又返回梅纳焦。夜里，帕沃利尼赶到了。他本该带去救兵，结果却只有共和国国民卫队的七八个人陪着。元首感到有人在追赶他。不要说留在瓦尔泰利纳抵抗，他只能与法西斯党的领导人们以及他们的家人一起，与一支正在试图穿越阿尔卑斯山的德国军队会合。他们有二十八辆卡车的士兵，每辆卡车上都配有机枪；另外还有一支意大利军队，拥有一辆装甲车和十几辆民用车。但是，到达东戈之前，队伍在穆索撞上了加里波第第五十二旅的一个分队。这支队伍只有寥寥几人，指挥官是佩德罗，也就是斯特莱的皮埃尔·路易吉·贝里尼伯爵，政委叫比尔，也就是乌尔巴诺·拉扎罗。佩德罗是个鲁莽的家伙，出于绝望开始虚张声势。他让德国人相信，周围的大山里布满了游击队，并威胁说要开迫击炮，其实那些炮还掌握在德国人手里。他觉察到指挥官想要抵抗，但士兵们已经战战兢兢，唯一的希望就是保住性命并能够回家。于是，他的嗓门也越来越大……总之，经过几番讨价还价，佩德罗先是做那些疲惫不堪的议员（对此我不再跟你赘述）的工作，然后说服了德国人，不仅让他们让步，还丢下了一直带着的那些意大利人。这样，这支队伍才得以向东戈进军。然而，他们在那里又一次被迫止步，并遭到全面的搜查。总之，德国人对待他们盟军的做法着实可耻，但命总归是命。”

佩德罗要求他们把意大利人留下。这样做，不仅因为他确定那些人是法西斯党的领导，而且已经有传言说，这其中甚至包括墨索里尼。佩德罗将信将疑，于是去和装甲车上的头儿交涉，那人是(倒台的社会共和国的)内阁副部长巴拉库。战争使他成为了残废，他也因此获得一枚金质奖章。事实上，佩德罗对此人的印象很好。巴拉库声称他们要向的里雅斯特进军，将这座城市从南斯拉夫侵略者手中解放出来。佩德罗和颜悦色地使他明白，他是个疯子，他也永远到不了的里雅斯特。即便他能够到达那里，也无法以寥寥数人的队伍，抵抗一支铁托的军队。于是，巴拉库要求后退，以便和格拉齐亚尼会合，鬼才知道是在什么地方。最终，佩德罗(他检查了装甲车，发现墨索里尼并不在里面)同意让他们后退，因为他不想与之进行火力对抗，那样或许会将德国人吸引回来。不过，在出发去做其他事情之前，他命令手下人监督装甲车是否真的后退。假如它再前进两米，就必须开枪。结果，装甲车一边颠簸着前进，一边开了火；或许，它之所以前进，只是为了能够更好地后退。谁知道到底是怎么回事，反正游击队员们激动起来，于是开了火。短暂的交火之后，两名法西斯分子被打死，又有两名游击队员受伤。最终，无论是装甲车里的乘客，还是民用车上的人，都被捕了。帕沃利尼跳到湖里试图逃跑，但被抓了回来，和其他人关在一起，就像一只落汤鸡。

此时，佩德罗收到比尔从东戈传来的消息。正当他们追赶那支德国军队的卡车之时，一个名叫朱塞佩·内格里的游击队员叫住了他，用方言对他说："这里面有一个大人物。"他想说，在他看来，一个戴着钢盔，太阳镜，大衣领子竖起的奇怪士兵，一定是墨索里尼，而绝非他人。比尔过去检查，那个奇怪的士兵装傻，但最后还是被撕下了面具。的确是他，元首。比尔不知如何是好，于是尽量用与那个历史时刻相符的语调说："以意大利人民的名义，逮捕他。"随后就把墨索里尼带到了市政府。

与此同时，在穆索的意大利汽车中间，人们发现了一个带着两个女人和两个孩子的人，他声称自己是西班牙领事，在瑞士与一位英国警察有重要的约会，但并没有确切说出是谁。然而，这位领事的证件好像是伪造的。于是，他被逮捕了，同时也在大声抗议。

佩德罗和他手下的人正在经历一个历史时刻，但他们最初好像并没有意识到这一点。他们所关心的仅仅是维持公共秩序，避免俘虏被处死，或者被揪掉一根头发。然后，一旦能够通知意大利政府，他们就把俘虏全部上交。事实上，四月二十七日下午，佩德罗打电话把逮捕墨索里尼的消息通知了米兰。就这样，民族解放委员会上场了。他们刚刚接到盟军的电报，要求按照一九四三年巴多格里奥[①]和艾森豪威尔签订的停战条款（"目前或未来，

---

① Pedro Badoglio（1871—1956），意大利军事将领，一九四三年推翻墨索里尼，成为意大利首相。同年与盟军达成停战协议，使意大利顺利退出第二次世界大战。

处于盟军军事指挥或者意大利政府控制领土上的贝内托·墨索里尼，以及他的主要法西斯同伙……要立刻逮捕并移交给盟军军事力量。”)交出元首和社会共和国政府的所有成员。据说，布雷索机场停着一架飞机，要将独裁者接走。民族解放委员会确信，假如把墨索里尼交到盟军手中，他就会逃过一劫。他会被关在一个要塞里待几年，之后又会重返历史舞台。路易吉·隆哥(委员会里共产党的代表)说，需要立刻以粗暴的方式把墨索里尼杀掉，既不需要审判，也无须什么历史性的宣言。委员会大部分人警告说，国家需要一个象征，一个具体的象征，以证明二十世纪真的结束了。那就是元首的尸体。再有，人们害怕的并非仅仅是盟军关押墨索里尼，而是假如墨索里尼的命运不为人所知，那么，他的形象就会成为一个无形但又无法摆脱的存在，就像传说中的红胡子腓特烈。他被关在一个洞穴里，于是人们总会幻想着回到过去。

“米兰那些人说的是不是有道理，过一会儿你就会看到……不过，并非所有人都持同样的看法。在委员会当中，卡多纳将军倾向于满足盟军的要求，但他属于少数派。委员会决定派遣一个代表团，到科莫湖去执行处决墨索里尼的任务。同样是根据公认的说法，率领这支队伍的，是一个笃信共产主义的人，也就是瓦雷里奥上校，以及阿尔多·兰普雷迪政委。”

我略去所有那些可能的假设，比如执行者有可能不是瓦雷里奥，而是某个比他更重要的人物。甚至有小道消息说，真正的死刑执行者是马泰奥蒂[①]的儿子，而开枪的是兰普雷迪，他才是代表团真正的灵魂人物。诸如此类。不过，咱们权且相信一九四七年的发现，也就是说瓦雷里奥就是沃尔特·奥迪西欧会计。之后，他将以英雄的身份，作为共产党员进入议会。对于我来说，行刑的是瓦雷里奥还是别的人，本质上并没有区别。所以，我们尽可以继续说是瓦雷里奥。瓦雷里奥率领一小队士兵前往东戈。与此同时，佩德罗对于瓦雷里奥会立刻赶到的事情并不知晓，于是决定将元首藏起来，因为他害怕流窜的法西斯士兵会试图营救他。为了使隐藏囚犯的地点足够保密，他决定以秘密的方式，把元首转移到更加靠近内陆的地方，也就是杰尔马西诺的金融警察兵营。当然，消息肯定会泄露出去，他随后又不得不深夜把元首转移到另一个地方，在去科莫湖的路上，知者甚少。

在杰尔马西诺，佩德罗与被捕者说了几句话，而后者请求他帮忙问候坐在西班牙领事车里的一位女士。在短暂的沉默过后，他承认那就是贝塔西。随后，佩德罗与贝塔西见了面。起先，

---

① Giacomo Matteotti(1885—1924)，意大利社会党政治家，因在国会指控法西斯党在选举中舞弊而被杀害。

那个女人试图让他把自己当成另外一个人，后来才道出了实情，并向他倾诉在元首身边度过的时光，请求最大限度地得到恩惠，能够被送到爱人那里去。佩德罗对此感到无措。他咨询了自己的同伴，后者也被这种非常人性化的做法所打动，于是同意了。就这样，当他们半夜里将墨索里尼往第二个场所转移的时候，贝塔西也在。不过，他们最终也没有能够到达那里，因为传来消息说，盟军已经到达科莫地区，正在摧毁法西斯抵抗分子的最后一个据点。于是，这支由两辆汽车组成的队伍，重新向北进发。汽车在阿扎诺停了下来。步行一小段路程之后，一个可靠的家庭收留了这些逃亡的人，就是德马利亚家。墨索里尼和贝塔西还得到一间有双人床的小卧室。

佩德罗并不知道这是他最后一次见到墨索里尼。他回到东戈，广场上开来一辆卡车，满载荷枪实弹的士兵。他们身穿崭新的军装，与游击队员们身上破烂而又凌乱的衣服形成了对比。新来的士兵们在市政府门口排列整齐，他们的首领自我介绍为瓦雷里奥上校，是志愿者自由军团的总指挥官派来的全权官员。此人出示了无可挑剔的证据，说自己被派来是要对所有俘虏执行枪决。佩德罗试图提出反对，他要求将俘虏交给有能力组织一个正规审判的人。但是，瓦雷里奥利用自己的级别强迫佩德罗交出被捕者的名单，并在每个名字边上打了黑色的十字。佩德罗看到，克拉拉·贝塔西也被判处了死刑。他表示反对，因为她仅仅是独裁者的情人，但瓦雷里奥回答说，这是来自米兰的命令。

“要注意这一点，因为佩德罗的回忆录中记载得非常清楚。在其他版本中，瓦雷里奥会说，贝塔西走到她男人身边，他让她离开，但她没有听从，于是被杀掉了，也就是说是误杀，或者说是因为游击队员的过度热情。事实是，她也同样被判处死刑。不过，问题还不在于此，而是瓦雷里奥讲了几个不同版本的故事，我们也就无法信任他。”

接下来的事件比较混乱：瓦雷里奥打听到那个自称是西班牙领事的人也在场，便要求与之见面。他跟领事讲西班牙语，后者却不知如何回答，表明其并非西班牙人。瓦雷里奥狠狠地给了他一个耳光，认定他就是维托里奥·墨索里尼。他责令比尔把维托里奥带到湖边，执行枪决。在去湖边途中，有人认出他是克拉拉的兄弟，马尔切洛·贝塔西，比尔于是把他带了回去。但是，事情变得更糟，因为他胡言乱语地讲起自己对意大利作出的贡献，还有那些他发现和隐藏起来的，没有交给希特勒的秘密武器。因此，瓦雷里奥将他的名字添到死刑名单里。

随后，瓦雷里奥立刻带领手下来到德马利亚家，带走了墨索里尼和贝塔西，用车把他们带到朱立诺迪梅泽格拉的一条小街上，然后命令他们在那里下车。起初，墨索里尼以为瓦雷里奥是来救他的，而到了这个时候，他才明白等待着自己的是什么。瓦雷里奥把他推到一个栅栏门前，宣读了审判书，试图(他后来说)将他与克拉拉分开，而女人却绝望地紧紧靠着情人。瓦雷里奥想要射击，但机关枪卡住了，他便向兰普雷迪要了一把，朝被判处死刑的人身上开了五枪。后来，瓦雷里奥说贝塔西出其不意地来到机枪的射程当中，于是被误杀。那是四月二十八日。

“不过，所有这些，我们都是从瓦雷里奥的证言中得知的。在他看来，墨索里尼如同废物一样结束了自己的一生。根据后来编造出来的传说，墨索里尼敞开大衣领，叫喊着要他瞄准自己的心脏。在那条小街上究竟发生了什么，除了那些执行枪决的人以外，没有人知道。”

瓦雷里奥回到东戈，组织了对其他法西斯党徒的枪决。巴拉库要求不从背后开枪，但又被推回了人群中。瓦雷里奥让马尔切洛·贝塔西也站了过去，但所有被判处死刑的人都提出抗议，他们认为此人是叛徒，谁知道他到底做了些什么。最后，瓦雷里奥决定将他单独处决。其他人倒下以后，马尔切洛摆脱了控制，向科莫湖逃跑；被抓回来后，他又成功脱逃。他跳进水里，绝望地游着。最后，他被机关枪和步枪扫射而死。佩德罗不愿意让他的人参与执行枪决。随后，他让人把那具尸体打捞了上来，也放在瓦雷里奥装尸体的卡车上。接下来，卡车朝着朱立诺的方向行驶，为的是载上元首和克拉拉的尸体。再后来，车子就向米兰的方向驶去了。四月二十九日，所有这些尸体都被放在洛雷托广场上，就在差不多一年前，被枪杀的游击队员们的尸体就是被丢在这个地方。法西斯士兵将他们置于太阳之下曝晒一整天，并禁止亲属收尸。

讲到这里，布拉加多齐奥抓住我的一只胳膊。他非常用力，我只好猛地一甩，摆脱了他。“对不起，”他说，“我就要讲到故事的核心部分。请注意：墨索里尼最后一次在认识他的公众面前出现，是那天下午在米兰的主教府邸。在随后的旅行中，他都是和亲信们在一起。在被德国人接到之后，他又被游击队逮捕。所有遇到他的人，都只是在照片或者宣传片里见过他，而没有见过他本人。在最后两年的照片里，墨索里尼是如此消瘦和模糊，以致有人窃窃私语——尽管只是说说而已——说那不是他。我跟你说了他四月二十日接受卡贝拉的最后一次采访吗？墨索里尼对那个采访重新进行了审查，并将它标记为二十二日。卡贝拉在他的回忆录中记载道：我立刻发现，墨索里尼并不像传说的那样，而是身体很好。相比上一次见面，他的状况好了很多。那是一九四四年十二月，采访是趁着元首在利里科剧院讲话的机会进行的。之前，他也接见过我几次，分别是在一九四四年二月、三月和八月。当时，他好像都没有像今天这样健壮。他面色健康，呈现出古铜色;眼睛生动而灵活，还略微有些发福。而前一年二月我见到他的时候，他非常憔悴，面孔也因此显得干瘪和清瘦，而这一次，那种清瘦已经消失。必须承认，卡贝拉是在做宣传，想要展示出接受他采访的，是一个生龙活虎的元首。不过，现在您听着，咱们读一下佩德罗的回忆录，里面提到了在元首被捕后，他们的第一次会面。'他坐在门的右边，靠近一张大桌子。我不知道是他，或许即使知道，也认不出来。墨索里尼衰老，消瘦，恐惧。他瞪大着眼睛，但无法注目凝神。他的脑袋做着微小而奇怪的动作，一会儿歪向这边，一会儿歪向那边，他东张西望，好像很害怕……'当然，他刚刚被捕，感到害怕是合情合理的。不过，距离那次采访仅仅过了一个星期，而且几个小时之前，他还确信自己能够越过边境。你认为一个男人能够在七天之内消瘦那么多吗？所以，与卡贝拉交谈的和与佩德罗交谈的，并非同一个人。请注意，甚至连瓦雷里奥也不认识墨索里尼本人。他是去枪决一个神话，一个形象，一个既会割稻子，又能宣布意大利进入战争的人……"

"你是要对我说有两个墨索里尼吗?"

"咱们接着讲这个故事。被枪决的人到来的消息在城里传开，洛雷托广场上挤满了欢乐和愤怒的人们。拥挤当中，他们践踏了那些尸体，令其面目全非。他们一边咒骂，用唾沫湮没了它们，一边还在用脚去踢。一个女人用手枪向墨索里尼开了五枪，以便为在战争中阵亡的五个儿子报仇，另外一个人则冲着贝塔西小便。最后，有人出手干预了。为了使那些死者免受折磨，他把他们头朝下挂在加油站的顶篷上面。当时的照片向我们展示的，就是这样的景象。我把这些照片从当时的报纸上剪了下来。这里是洛雷托广场，前面就是墨索里尼和克拉拉的尸体。第二天，一队游击队员将这些尸体转移到了格里尼广场的陈尸所。认真瞧瞧这张照片。首先是子弹，继而是牲畜般的践踏，尸体的轮廓已经被损坏。另外，你看到过有些人头朝下拍摄的照片吗？眼睛位于嘴巴的位置，而嘴巴到了眼睛那里，那些面孔已经无法辨认。”

“所以，洛雷托广场上那个被瓦雷里奥枪决的人，并非墨索里尼。可是当贝塔西见到他的时候，应该会认出他来……”

“关于贝塔西，我们回头再讲。现在，让我来做个假设。一个独裁者应该有个替身。谁知道他曾经多少次使用过这个替身，比如当他需要笔直地站在一辆汽车上，从检阅队伍面前经过，人们只能从远处看到他时，以便避免被刺杀。现在你来想想看，为了让元首能够逃走而不遇到麻烦，从出发前往科莫的时候开始，墨索里尼就已经不是墨索里尼，而是他的替身。”

“那么墨索里尼在哪里？”

“别急，我还会讲到他。在几年的时间里，替身过着隐居的生活，报酬丰厚，饮食精良，仅仅在某些场合出现。现在，他几乎感觉自己就是墨索里尼，并且确信可以再一次取代他的位置，因为——他们对他解释说——即使他在边境被抓，也没有人敢伤害元首。他只需要恰如其分地扮演这个角色，直到盟军到来。之后，他可以揭开自己真正的身份，人家不可能就任何罪行对他进行审判，最多在集中营关上几个月。作为交换，一笔丰厚的存款会在瑞士银行里面等着他。”

“可是，那些一直陪伴他到最后的法西斯党徒呢？”

“那些法西斯党徒接受了这场戏，以便让他们的领袖逃走。假如他能够见到盟军，也会试着把他们救出来。又或者，其中最为狂热的分子，甚至想进行最后一次抵抗。他们也需要一个可靠的形象，来激励最后那些绝望的人去战斗。或许从一开始，墨索里尼就是和三两个信任的同伙乘坐一辆车旅行，而所有其他的党徒都只能远远地看到戴着太阳镜的他。我不知道，不过并没有多大区别。只有关于替身的这个假设，才能够解释为什么在科莫湖的时候，那个冒名的墨索里尼避免让他的家人看到。使用替身的这个秘密，不能在整个家族内部传开。”

“那么贝塔西呢？”

“这是一个最为悲壮的故事。她去找墨索里尼，希望能够见到他，真的那个。但是，立刻就有人教她，要假装那个替身就是真的墨索里尼，好让这个故事显得更加可信。她要坚持到边境，然后就可以自由地离开。”

“那么最后那一幕呢？她紧紧抓住他，要和他一起去死。”

“这只是瓦雷里奥上校给我们讲述的内容。咱们假设一下，当替身发现自己被逼到了墙角，他吓得拉了一裤子，大声叫喊说自己不是墨索里尼。真是胆小鬼，瓦雷里奥心里想。为了给自己开脱，他什么招数都使上了。于是，射击开始了。贝塔西对确认那个人是否她的情人并不感兴趣，她上去拥抱他，仅仅是为了让这场戏显得更可信，并没有想到瓦雷里奥会向她开枪。可是谁知道呢，女人天生就歇斯底里，也许她昏了头，而瓦雷里奥只能用一阵扫射来使这个激动的家伙闭嘴。又或者考虑一下这种可能：到了这个时候，瓦雷里奥才意识到弄错了人。不过，他是被派去枪决墨索里尼的。在所有意大利人当中，他是唯一被赋予这个使命的人，他应该放弃这个唾手可得的荣誉吗？所以，他也要遵守游戏规则。假如一个替身在活着的时候就与他的原型那么相像，那么死后就更像了。谁又会去戳穿他呢？民族解放委员会需要一具尸体，它就会得到一具尸体。假如有一天，真正的墨索里尼出现了，人们只会认为他是个替身。”

“那么真的墨索里尼呢？”

“这就是我的猜想中还需要完善的部分。我需要解释他如何逃跑，又是谁帮助了他。咱们大体上分析一下。盟军不希望墨索里尼被游击队抓住，因为他透露的一些秘密可能会使他们难堪，比如与丘吉尔的通信，以及其他谁知道什么罪行。这就已经是很好的解释了。尤其是在米兰解放之后，就开始了真正的冷战。苏联人不仅仅迫近柏林，还占领了半个欧洲。而且，大部分游击队员都是荷枪实弹的共产党员，对于苏联人来说不啻为第五纵队，他们愿意把意大利也献给它。所以，盟军，至少是美国人，必须准备抵抗一次可能发生的亲苏维埃革命。要想做到这一点，他们就要利用法西斯的残余。况且，他们后来难道不是救了像冯·布劳恩[①]这样的德国科学家，并把他们运到美国，为征服太空作准备？美国的特工并不拘泥于细节。墨索里尼的条件，已经不允许他再次成为能造成危害的敌人，将来却可能是个有用的朋友。所以，要把他偷偷带出意大利。就像人们所说的，让他在某个地方冬眠一段时间。”

“那要怎么做?”

“上帝啊，到底是谁进行了干涉，以免事情的发展过了头?是米兰的大主教，而且，他肯定是按照梵蒂冈的指令行事。之后

---

① Wernher von Braun(1912—1977)，德国火箭专家，二战结束时带领其科研团队投降美国，从事导弹、火箭和航天研究，被誉为“现代航天之父”。

又是谁帮助众多的纳粹和法西斯分子逃到了阿根廷？是梵蒂冈。现在试着想象一下：当车子从大主教府邸出来的时候，他们让替身上了车，而墨索里尼上了另外一辆不那么显眼的汽车，向斯福尔扎城堡驶去。”

“为什么要去城堡？”

“因为从大主教府邸到城堡，假如沿着主教堂穿过去，再穿过科尔杜西奥广场，进入但丁街，五分钟就到了，比去科莫湖更加便捷，不是吗？而且，这座城堡里面至今依然遍布地下通道。其中一些人们都知道的被用作垃圾箱，或者承担类似的功能；另外一些在战争结束的时候依然存在，被用作防空洞。现在有很多资料向我们显示，在过去的几个世纪里，城市下面有着各种各样的管道，是从城堡通向城市各个地方的真正通道。据说其中一条仍然存在，只不过由于某些地方坍塌，已经无法找到入口。这个通道可能是从城堡通向感恩圣母堂修道院。墨索里尼在那里隐藏了几天，所有人却都在北边寻找他，然后在洛雷托广场上折磨那个替身。一旦米兰的事情平息下来，一辆挂着梵蒂冈牌照的汽车就在深夜里把他接走。当时的道路状况就那么回事。不过，从一个神父住所到另外一个神父住所，从一间修道院到另外一间修道院，他最终辗转到了罗马。墨索里尼就这样消失在梵蒂冈的高墙里面。我让你来选择最好的解决方式：留在那里，乔装成一个年老多病的神父；又或者持梵蒂冈护照，以患病修士的身份，一个戴着帽子，还蓄着漂亮胡子的厌世者，被他们送上船，到了阿根廷，然后留在那里等待时机。”

“等待什么呢？”

“这个我以后再跟你说。目前，我的假设就到此为止。”

“不过，一个假设要是想得到进展，就需要一些证据。”

“过几天，等我查完当时的一些档案和报纸，就能找到那些证据。明天是四月二十五日，一个决定命运的日子。我要去见一个对那些日子非常了解的人。我将能够证明，洛雷托广场的那具尸体并不是墨索里尼的。”

“可是，你难道不是要写关于先前那些妓院的文章吗？”

“妓院的事都在我脑袋里，周日我用一个小时就可以写出来。好吧，谢谢你听我讲这些，我也需要找人倾诉。”

他又一次让我付账，但这次是他应得的。我们走出餐馆。他朝四围望了望，然后紧贴着围墙走开了，好像是害怕被跟踪。

一〇

五月三日星期日

布拉加多齐奥疯了。不过，他还没有把最精彩的部分讲给我听，所以我最好等着。他的故事可能是虚构的，但非常离奇。我们之后就会看到。

从一种疯狂到另一种疯狂：我并没有遗忘玛雅的所谓自闭症。之前我对自己说，我想认真研究一下她的心理，而如今我明白，自己想要的是别的东西。那天晚上，我陪她回家，但并没有在大门口止步，而是和她一起穿过了院子。在小小的屋檐下，停着一辆红色的菲亚特500，已经相当破旧。“这是我的捷豹，”玛雅说，“车龄几乎有二十年了，但还能跑。只需要每年进行一次保养。附近有一个机械师，他还有这款车的配件。把它完全修好需要很多钱，之后就成了古董，可以按照收藏者的价格出售。我只有到奥尔塔湖边去的时候还用它。你不知道，我继承了一小笔遗产。

我奶奶把那边山上的一栋小房子留给了我。它比那种山里的小房子大不了多少，卖掉也值不了几个钱。不过，我一点点对它进行了修缮。里面有一个壁炉，一台黑白电视机，从窗户可以看到湖和圣朱利奥岛。那里是我的安乐窝。几乎所有的周末我都去那里。周日你愿意来吗？我们一早出发，我为你准备一顿简单的午饭——我厨艺不错——晚饭的时候我们就回到米兰了。”

星期日早上，当我们走在路上时，玛雅一边开车，一边突然说：“你看到吗？它现在已经摇摇欲坠了，但几年以前，那些红砖头还相当漂亮。”

“什么？”

“我们刚刚经过的修路工人的宿舍，就在左边。”

“天啊，要是它在左边，就只有你能看到。在我这边只能看到右边的东西。坐在这个像新生儿棺材一样的车里面，要想看到左边的东西，就得从你的身上爬过去，然后把脑袋伸出车外。见鬼，你能够意识到我看不到它吗，那栋房子？”

“可能吧。”她说，就好像我是一个奇怪的人。

此时，我不得不让她明白她的缺点。

“得啦，”她笑着回答我说，“如今我觉得你就是保护我的老爷。出于信任，我认为你也在想我所想的事情。”

这令我感到不安。我恰恰不希望她认为我在想她所想的事情。那是一件过于私密的事情。

然而，与此同时，我被某种柔情控制着。我感到玛雅感情脆弱，因此躲进自己的内心世界，不愿意看到他人世界里发生的事情。或许那个世界曾经伤害过她。尽管如此，她却信任我，同时又无法或者不愿意进入我的世界。于是，她幻想我能够进入她的世界。

进入那栋小房子的时候，我感到尴尬。房子尽管有点儿简朴，但非常漂亮。此时刚入五月，那里依然非常凉爽。她动手点燃了壁炉。火苗刚刚开始旺起来，她就站起身，高兴地看着我，脸上被最初几束火苗映得绯红："我……很高兴。"她说。她的那种幸福说服了我。

"我……也高兴。"我说。然后，我搂住了她的肩膀，几乎在不知不觉之中吻了她。我感到她紧紧地贴着我，瘦弱得如同一只鹧鸪鸟。不过，布拉加多齐奥错了：她是有胸的，我能够感觉到，小而结实。《雅歌》中写道：好像一对小鹿。

"我很高兴。"她又说。

我试图做最后的抵抗："你知道我都可以做你的父亲了吧？"

"多好的乱伦。"她说。

她坐在床上，一下子就把鞋子甩出很远。或许布拉加多齐奥说得对，她疯了，但她的这个举动迫使我让步。

我们放弃了午饭，在她的窝儿里一直待到晚上，也没有想到回米兰。我落入了圈套。我觉得自己只有二十岁，或者至少像她一样是三十岁。

第二天上午，在回家的路上，我对她说："玛雅，我们得和西梅伊一起工作下去，直到我攒起一点钱，然后就带你离开这个蠕虫窝。再坚持一阵子吧，然后咱们再看看，或许可以到南方的岛上去住。"

"我不相信，不过想想也很好：图西塔拉。目前，只要你在我身边，我就可以忍受西梅伊，和写星座运势。"

一一

五月八日星期五

五月五日早上，西梅伊显得非常兴奋。“我有一个任务要分派给你们中的一个人，比如帕拉提诺先生，目前他还闲着。前几个月，您应该在报纸上看到过——所以说，二月份的时候，这还是一则新闻——里米尼的一个法官开始对一些养老院的情况进行调查。在特利乌左养老院事件之后，这个话题可以成为独家新闻。这些养老院中没有一家属于我们的出版商。不过，你们应该知道，他也拥有几家养老院，都位于亚得里亚海岸。或早或晚，那个法官可能会去掺和骑士先生的生意。所以，假如能够让人们对这个多事的法官产生怀疑，我们的出版商会高兴的。请注意，现如今，要想推翻指控，并不需要找到相反的证据，只需要证明原告违法就可以了。这是那个家伙的姓名，帕拉提诺，到里米尼去一趟，带上录音机和相机，去跟踪这个廉洁的国家公仆。从来没有人能够做到完全的廉洁。或许他不是恋童癖，没有杀害他的奶奶，也没有把赃款装进口袋，但总会做过一些奇怪的事情。又或者，请允许我这样说，要使他每天的行为显得奇怪。帕拉提诺，发挥您的想象。明白了吗？”

三天后，帕拉提诺就带回了相当够味的消息。在他拍的照片上面，法官坐在一个小花园的凳子上，神经质地一根接一根地抽烟，脚下有十几个烟蒂。帕拉提诺不知道这件事情是否有意义，但西梅伊给出了肯定的回答：一个我们希望能够思考并保持客观的人，却显得神经质。而且，这是一个坏习惯，因为他不去挥汗如雨地阅读案卷，却在花园里浪费时间。帕拉提诺还透过玻璃，拍到他在一家中餐馆里吃饭，手里拿着筷子。

“太棒啦，”西梅伊说，“我们的读者并不光顾中餐馆，或许他们居住的地方并没有中餐馆。他们做梦也不会想到怎么用筷子吃饭。读者会想，为什么那个人要光顾中国人的地方呢？他要是一个严肃的法官，为什么不像大家一样吃面食或者通心粉呢？”

“假如要从这个角度讲，”帕拉提诺补充道，“他还穿着彩色的袜子，一种翡翠绿或者豆绿色，和网球鞋。”

“他穿着网球鞋！翡翠绿的袜子！”西梅伊兴高采烈地说，“就像人们通常说的那样，此人是个 dandy，一个花花公子。不难想象，他还吸食大麻。不过这个不能说出来，要让读者自己去想象。帕拉提诺，要在这些事情上面下工夫，勾勒一个充满黑暗色彩的形象。如此一来，这个人就被我们搞定了。起先没有消息，然后我们挖出了一条消息，而且并没有撒谎。我相信骑士先生对您会满意的。也就是说对我们所有人满意。”

卢奇迪说:“一份严肃的报纸应该有档案。”

“什么意思?”西梅伊问。

“比如说‘鳄鱼的眼泪’。假如晚上十点传来一个重要人物去世的消息，任何人都无法在半个小时的时间里写出一篇信息准确的讣告。但是，报纸也不能就因此陷入瘫痪啊。所以，需要事前准备几十份讣告，也就是所谓‘鳄鱼的眼泪’。这样，当那个人突然去世的时候，你手里已经有了备好的讣告，只需要修改一下死亡的时间。”

“但是，我们不需要日复一日地出版我们的试刊号。假如我们要编某天的报纸，只需要去看看那天的报纸，讣告就有了。”我说。

“另外，只有当此人是一个部长，或者一位大企业家的时候，我们才会登载这则消息，”西梅伊解释说，“而不是一个我们的读者闻所未闻的蹩脚诗人。那种人要用来填充大报的文化版，因为这些报纸每天要在那些版面上刊登一些没有意义的新闻和评论。”

“我还是要坚持，”卢奇迪说，“‘鳄鱼的眼泪’仅仅是举一个例子，但建立档案非常重要。这样，在撰写各种文章的时候，就能够掌握某个人的所有行为不当之处，也就可以避免在最后一分钟去四处寻找。”

“我明白，”西梅伊说，“但这是大报才能做到的奢侈之事。一份档案就意味着进行大量的研究，而我不能派你们中的任何人花一整天的宝贵时间去编写档案。”

“完全不需要这样做，”卢奇迪笑着说，“甚至一个大学生都可以编纂一份档案。花点钱，让他到收藏报刊的地方转转。您不会认为，档案里会有未曾发布过的消息吧？不要说报纸，就连情报机构也做不到。即使是他们，也不能在那上面浪费时间。一份档案中包括简报和报纸上的一些文章，而那上面的事情尽人皆知。只有那些部长，以及报纸所针对的反对派领袖对此并不知晓，因为他们从来没有时间读报，所以会认为这些事情是国家机密。档案中包含散落在各处的消息，然后要由感兴趣的人去进行加工，以便从中找到怀疑和影射。一份简报上说，有人几年前曾经因为超速而被罚款，另一个人上个月参观了一个童子军营地，还有一个人昨天在一家迪厅里被人看到。完全可以以此为基础，暗示那是个胆大妄为的人，他违反交通规则是为了前往某个喝酒的场所。说不定，我说的是说不定，不过很明显，他喜欢小男孩。这足以令他名誉扫地。而我们所做的，仅仅是叙述纯粹的事实。另外，一份档案的力量，就是甚至无须展示它。只要放出话去，说存在这样的档案，而且里面包含着，咱们这么说吧，有趣的事。某个人得知你知道关于他的消息，但不知道是什么内容。所有人都有自己的秘密，这是一个圈套：一旦你向他要什么东西，他就会提出适当的建议。”

“您说的这个关于档案的事情我喜欢，”西梅伊说，“我们的出版商会高兴拥有关于那些不喜欢他的人，或者他不喜欢的人的消息，作为控制他们的工具。科洛纳，行行好，列一个和我们的出版商能够发生联系的人的名单，再找一个延迟毕业而又缺钱花，会愿意准备十几份档案的学生，目前有这么多份就够了。我认为这是一个很好的主意，而且实惠。”

“这就是政界的规则。”卢奇迪总结道，脸上露出一副见过世面的表情。

“弗雷西亚小姐，”西梅伊冷笑着说，“不要做出那副吃惊的表情。您以为您工作过的那些蜚短流长的报纸没有档案吗？当您被派去拍摄两名演员，或一名足球运动员和他年轻的助手在一起，手牵着手，为了让他们待在那里而不加抗议，您的主任告诉他们，这样可以避免更加私密的消息被公之于众，说不定几年前，那个女孩曾经在一家妓院里被人撞见。”

卢奇迪盯着玛雅。或许他还算有良心，于是转换了话题。

“今天，我带来了别的消息，当然是与我说的个人档案有关。一九九〇年六月五日，亚历山德罗·杰利尼为杰利尼基金会留下一大笔财产，也就是慈幼会控制下的教会企业。至今为止，尚未得知那笔钱落在何处。有人影射是慈幼会的人得到了那笔钱，但出于税收的考虑，便装作什么也没有发生。更有可能的是，他们还没有得到那笔钱。小道消息说，那笔钱的转赠要依靠一个神秘的中介人，或许是一名律师。此人奢望得到一笔佣金，而这笔佣金的数目看起来完全像是一笔贿赂。不过，也有另外一些声音在说，慈幼会内部的某些人也为促成这件事出了力。所以，摆在我们面前的，是对于一笔遗产的非法分配。到此为止，一切都还仅仅是传言，但我可以让另外某个人开口。”

“去找，去找，”西梅伊说，“但不要造成与慈幼会那些人以及梵蒂冈的冲突。或许文章的标题可以是：慈幼会成为一宗诈骗的受害者，然后加上问号。这样就不会造成与他们之间的纠纷。”

“我们是不是可以把标题定为：慈幼会处于飓风的中心？”坎布里亚问。这个建议像往常一样是不合时宜的。

我严肃地说：“我认为之前已经说得非常清楚了。对于我们的读者来说，处于飓风中心意味着遇到了麻烦，而一个人遇到麻烦，也有可能是他自己的错。”

“的确如此，”西梅伊说，“我们仅限于传播普遍性的疑虑。这里有人在浑水摸鱼，尽管我们不知道他是谁，但一定会令他恐惧。对我们来说，这就够了。然后，在合适的时候，我们会从中赢利，也就是说出版商会赢利。干得好，卢奇迪，继续查吧。请对慈幼会的人保持最高限度的尊重。不过，要是让他们也稍稍有些担忧，又有什么不好？”

“对不起，”玛雅胆怯地说，“不过，我们的出版商同意，或者会同意这个政策吗？也就是建立档案和进行影射的做法。我这么问就是想知道一下。”

“我们没有必要向出版商汇报新闻的选择，”西梅伊恼火地反驳道，“骑士先生从未试图用任何方式影响我。工作吧，工作。”

那天，我还与西梅伊进行了一次私下会谈。我当然没有忘记自己为何会在那里，而且已经写下了《明日：昨日》这本书中一些章节的草稿。我大致讲了我们开过的编辑部会议，但把角色进行了颠倒，也就是表现出西梅伊愿意面对任何谴责，尽管他的合作者们建议他要谨慎。我甚至想到在最后增加一个章节，在其中描述一个亲慈幼会的高级修士（贝尔托内主教）打了一个电话，对他甜言蜜语，建议他不要去管杰利尼侯爵那件破事儿。更不要说还有其他电话都友好地提醒他，向特利乌左养老院泼脏水是不好的。不过，西梅伊的回答就像电影里的亨弗莱·鲍嘉一样：“这就是新闻界，美人儿，你对它无可奈何。”

“太棒了，”西梅伊非常激动地说，“你是一位宝贵的合作者，科洛纳先生，咱们就按照这种方式进行下去。”

当然，我比编写星座运势的玛雅更感到耻辱。不过，那时我身在其中而没有退路。而且，要想着南方的岛屿，无论是哪一座。即使是洛阿诺，对于一个失败者来说也足够好了。

一二

五月十一日星期一

接下来的星期一，西梅伊召集我们开会。“科斯坦扎，”他说，“在关于流动妓女的那篇文章里，您使用了诸如起哄，操这样的词汇，而且还有一个妓女在出场时说了句‘去他妈的’。”

“但事实就是如此，”科斯坦扎抗议道，“如今所有人都爆粗口，连电视里也是一样，就连女士们也会说‘操’。”

“上流社会的所作所为，我们不感兴趣。我们应该考虑到，他们仍旧对脏话心怀恐惧。请使用婉转的语言。科洛纳先生？”

我发言了：“完全可以说小灾难，破烂儿，滚开。”

“滚到哪里去？”布拉加多齐奥冷笑着说。

“滚到哪里去，不应该由我们来说。”西梅伊反驳道。

接下来，我们就开始忙其他事情。一个小时后，会议结束了，玛雅把我和布拉加多齐奥拉到一边，说:“我再也不发言了，因为我总是出错。其实，假如能出版一本替代词简明手册，那就好了。”

“替代什么?”布拉加多齐奥问。

“替代人们说的那些脏话。”

“但这是一个小时前的话题!”布拉加多齐奥激动地说，一边看着我，好像在说:“你看，她总是这样。”

“算了,”我用和解的语气对说，“假如您一直想着这些……得啦，玛雅，向我们展示一下您深奥的想法吧。”

“也就是说，最好建议一下，每当想要表达惊奇或失望的时候，不要说‘操’，而是说‘插在会阴前面的，圆柱形男性泌尿生殖道外在器官’，我的钱包被偷了!”

“您这是疯了，完全疯了,”布拉加多齐奥说，“科洛纳，您能到我这儿来一下吗？我想给你看个东西。”

我和布拉加多齐奥一起走开了，一边冲玛雅挤了挤眼。她的自闭症，假如真的是自闭症的话，也越来越令我着迷。

所有人都已经离开，天色暗了下来。借着一盏台灯的光线，布拉加多齐奥拿出一沓复印件。

“科洛纳,”他一边说，一边用胳膊抱着那叠文件，仿佛想要让它们避开其他所有人的视线，“瞧瞧我在档案馆里找到的这些资料。在洛雷托广场曝尸的第二天，墨索里尼的尸体被运到了大学法医研究所进行尸检。以下就是医生的报告，你来读读：米兰皇家大学法医与保险研究所，马里奥·卡塔贝尼教授，一九四五年四月三十日对贝内托·墨索里尼所做的第七二四一号尸检报告，死亡时间为一九四五年四月二十八日。尸体停放在解剖台上，没有衣服。体重七十二公斤。鉴于头部创伤造成的明显变形，只能测出身高接近一米六六。由于被火器伤害和挫伤导致的复杂病变，面部已经变形，脸部轮廓也完全无法辨认。鉴于颅面骨因粉碎性骨折而变形，无法按照人体测量学对头部进行测量。此处咱们跳过一些。头部由于骨骼完全损坏而变形，整个左顶枕区深度凹陷，同侧眼眶区域粉碎，眼球变软和破裂，晶体完全溢出；由于大面积破裂，眼眶细胞脂肪完全暴露在外，并没有渗血。在额区中间部位和左顶叶额叶部分，头皮上有两个宽而且连续的线形开裂，边缘撕裂，每处宽度达六厘米，颅骨暴露在外。在枕区，中心线右侧，有两个彼此靠近的孔，边缘外翻，不规则，直径二厘米左右，露出粉碎的脑物质，没有血液渗出的征兆。你注意到了吗？粉碎的脑物质！”

布拉加多齐奥几乎出汗了，他双手颤抖，下嘴唇布满了细小的吐沫，那是一副闻到油炸大脑，或者是一盘丰盛的牛肚儿和炖牛肉的味道时兴奋的贪吃者的表情。他继续读道：

“在后颈距离中心线右侧不远处，有一个直径大约三厘米，宽而且裂开的洞，边缘外翻，没有血液渗出。在右侧太阳穴处，有两个彼此接近的圆洞，边缘略微撕裂，没有血液渗出。左侧太阳穴处有一个撕裂的大洞，边缘外翻，露出粉碎的脑物质。左耳廓的耳甲处有一个大洞：这两处损伤，同样具有典型的死后损伤的特征。鼻子的根部有一个破裂的小洞，还有外翻的骨头碎片，有适量出血。右边的面颊上有三个连续的洞，随后是一条向后脑延伸的轨迹，略微向上倾斜，边缘呈漏斗形，向内侧凹陷，没有血液渗出。上颚骨具有粉碎性损伤，软组织大面积破裂，硬腭的骨骼具有死后损伤的特点。我再跳过一些，因为这个部分是针对伤口位置的测量。对于他们如何和在哪里打中了他，我们并不关心。我们只需要知道他们向他开了枪。颅骨粉碎性损伤，伤口边缘有许多可移动的碎片，取下那些碎片，就可以直接进去颅内空腔。盖骨的厚度正常。脑膜好像变软，在前部有大面积的破裂：没有任何硬膜外和硬膜下出血的迹象。无法完全移动大脑，因为小脑，脑桥，中脑和脑叶的下部出现碎裂，没有任何渗血的痕迹……”

卡塔贝尼教授过度地使用了“碎裂”这个词，这无疑是因为那具尸体碎裂的程度令他印象深刻。每一次重复这个词时，对于布拉加多齐奥都像是某种享受。有时候，他会把单词里的两个p发成三个。我记起在《滑稽神秘剧》里，达里奥·福曾经扮演过一个幻想饱餐一顿的农民，那种美食是他一直梦想的。

“咱们继续。身体上保持完整的，只有半球形凸起的大部分，胼胝体和大脑底部的一部分：在整个颅底因为粉碎性骨折而导致的可移动碎片中间，仅有一部分的大脑底部动脉仍然能够辨认。这些可以辨认的动脉，也包括前脑动脉，就如同健康的墙壁……您觉得，面对那堆压扁的肉和骨头，一名医生——他确信那是墨索里尼——能知道那是谁吗？在记者、游击队员，以及好奇而激动的人群熙来攘往（他们说）的大房间里有可能安静地工作吗？另外一些人还谈到被丢弃在解剖台角落里的内脏；有两个护士甚至用那些内脏打乒乓球，把肝脏或者肺叶的碎块抛出去。

讲话的时候，布拉加多齐奥就像一只仓皇跳到屠夫案板上的猫。假如他有胡子，此刻定是在微微颤动……

“假如你接着读下去，就会发现在他的胃里没有发现溃疡的痕迹，而我们都知道墨索里尼患有胃溃疡；报告里同样没有提到梅毒，但传说死者的梅毒已经发展到了晚期。另外，请注意曾经在萨罗共和国为元首医治过的德国医生格奥尔格·扎哈里埃。不久之后，他证实自己的病人患有低血压、贫血、肝脏肿大和胃痉挛，以及肠萎缩和急性便秘。然而，根据尸检，一切都很正常：无论从表面上看，还是解剖后，肝脏的大小和外表均属正常。胆脏健康，肾脏和肾上腺未受损伤，泌尿管和生殖器官正常。最终结论：对大脑剩余部分进行了摘除，浸泡在福尔马林溶液中，以便进行下一步的解剖及病理组织学检查。应第五军司令部健康办公室(卡尔文·S.德雷耶)向华盛顿圣伊丽莎白心理治疗医院温弗雷德·H.奥弗霍尔泽医生提出的申请，部分大脑皮层交给了他们。报告完毕。”

他一边读着，一边品评每一行字，好像面前就摆着那具尸体，就像是在触摸它，好像身处莫里吉餐馆，但摆在面前的并不是令人垂涎欲滴的酸菜猪胫骨，而是显得柔软和碎裂的眼眶区域，还有晶体完全突出的眼球；他仿佛是在品尝脑桥，中脑，脑的下叶，并且对溢出的、几乎融化的大脑皮层物质而感到欣喜。

不可否认，我对此感到厌恶，但同时又对他和那个死去的躯体着迷，就像在十九世纪的小说里，被蛇的目光催眠一样。为了结束他这场兴奋的演讲，我点评道：“谁知道那是谁的尸体。”

“正是。你看，我的假设是正确的：那具尸体并不是墨索里尼的。无论如何，没有任何人能够发誓那是他的尸体。现在，对于发生在四月二十五日到三十日之间的事情，我可以放心了。”

那天晚上，我实在需要在玛雅身边净化自己。为了让她的想象能够远离编辑部里发生的那些事情，我决定对她说出实情，也就是《明日报》永远不会出版。

“这样最好，”玛雅说，“那我就不需要再为自己的未来而感到焦虑。咱们坚持几个月，赚点儿钱，那点儿该死的钱是那么少，但来得很快，然后就到南方的海边去。”

一 三

五月下旬

如今，我的生命在两条轨道上并行。白天是编辑部里卑微的生活，晚上则在玛雅的小套间里度过，有时那里就成了我的家。周六和周日我们会去奥尔塔。我们白天与西梅伊一起工作，晚上则需要相互安慰。她不再提出那些注定被淘汰的建议，而是仅限于把这些事情对我讲，要么为了取乐，要么是寻求安慰。

一天晚上，她给我看了一卷征婚启事。"听听这些多么有趣，"她对我说，"不过，我更喜欢把这些消息和对它们的解释一起登出去。"

"什么意思？"

"听着：大家好，我叫萨曼达，二十九岁，高中毕业，家庭主妇，离异，无子女，寻找一位可爱，欢快的男士，尤其要善于交际。解释：我三十岁了，被丈夫抛弃之后，仅凭费尽九牛二虎之力考取的会计证，我并没有找到工作。现在，我整天待在家里，无所事事(甚至没有孩子可以照顾)。我要找一个男人，即使他不英俊，只要不像之前嫁的那个混蛋一样扇我耳光就可以了。还有这个：卡罗丽娜，三十三岁，单身，大学毕业，企业家，非常文雅，栗色头发，高挑，自信而真诚，热爱运动、电影、戏剧、旅行、阅读和跳舞，而且欢迎其他的兴趣爱好。希望结识具有魅力和个性的男人，有教养而且具有良好的社会地位，无论是专业人士，还是政府官员或者军队官员，最多六十岁，以结婚为目的。解释：到了三十三岁，我连个人毛儿都没有找到。或许因为我干瘦得像一条小蓝鱼。我没有办法把自己变成金发女郎，但我试着不去想。我费尽力气获得了文学学位，但在各种选拔中我总是被淘汰。我创建了一家小作坊，雇用三个阿尔巴尼亚人来打黑工，生产袜子在镇上的市场出售。我不太知道自己喜欢什么。我看看电视，和一个女性朋友去电影院或者教区的剧院；还读读报纸，主要是为了看看征婚启事。我想去跳舞，但没有人带我去。只要能找到一个哪怕一文不值的老公，我愿意对任何其他东西培养兴趣，只要他有点钱，能够让我不再做袜子和与那些阿尔巴尼亚人打交道；年老的也可以，可能的话最好是个商人，但我也能接受地籍注册员或者宪兵上士。另一条：帕特里齐娅，四十二岁，单身，商人，棕色头发，高挑，温柔而又敏感，渴望结识一位诚实、善良而又真诚的男人。只要有意，婚姻状况无所谓。解释：天啊，已经到了四十二岁（不要问我说，假如我名叫帕特里齐娅，那就得有差不多五十岁了，就像所有的帕特里齐娅一样），我还没有把自己嫁出去，靠着可怜的妈妈留给我的服饰用品店过日子。我有点厌食，非常神经质。会不会有一个男人愿意跟我上床？我无所谓他是否结婚，只要他有这方面的愿望。还有：我仍然渴望找到一个真正懂得爱的女人。我是一个单身银行职员，二十九岁。我觉得自己外形不错，性格也很活泼。想找一个漂亮、严肃、有教养的女人，而且知道如何带我进入一段精彩的故事。解释：我跟女孩始终一事无成。我遇到的为数不多的几个女人都是些牲口，只想着让人娶她们。想想吧，就靠我赚的那点可怜的钱，还要养活她；另外，人们说我性格冲动，因为我叫她们滚开。所以说，我并不令人讨厌。就没有一个身材高挑，至少不会把动词形式弄错，也愿意好好做个爱，而又不奢望太多的女人吗？我还找到一条并非用来征婚，却很棒的启示：戏剧协会为下个演出季寻找演员、化妆师、导演、裁缝。那么，至少观众得由他们负责找吧？”

让玛雅为《明日报》工作，当真是个浪费：“你总不会希望西梅伊刊登这类东西吧？他最多愿意刊登那些告示，但不能加上你的解释。”

“我懂，我懂，但不能禁止人做梦。”

后来，在睡觉之前，她对我说：“你无所不知，那你知道为什么说‘失去特拉布宗’[1]和‘敲响铙钹’[2]吗？”

“不，我不知道。这种事情能在半夜里问吗？”

“可是我知道，确切地说，我是前天读到的。有两个解释，一，鉴于特拉布宗是黑海沿岸最大的港口，对于商人来说，丧失黑海航线，就意味着投资打了水漂。另外一个解释在我看来更加可信，那就是特拉布宗对于船只来说是一个有形的参照，丧失它就意味着失去方向，或者指南针，或者找不到北。至于敲响铙钹，通常用来形容酒醉以后兴高采烈的样子。词源学词典上解释说，这个词本来的意思是：过分欢乐。阿雷蒂诺也曾经使用过这个表达方法，它出自《诗篇》150：用大响的钹赞美他。”

“我到底是落在了什么人的手里啊？既然你对这些事情好奇，又怎么会负责桃色新闻那么多年？”

“为了钱，该死的钱。失败者身上就会发生这种事情。”她越发靠近我，“不过，现在我没有先前那么失败，因为我在六合彩中赢得了你。”

---

① Perdere la Trebisonda，意大利俗语，意为慌乱，不知所措。
② Andare in cimbali，意大利俗语，指酒后兴高采烈的样子。

对于这种疯疯癫癫的人，除了再开始做爱，又能说些什么呢？而在做爱的时候，我几乎觉得自己是一个赢家。

二十三号晚上，我们没有看电视，第二天才在报纸上看到法尔科内[①]事件。那些消息令我们错愕不已。次日上午，在编辑部里，其他人看上去同样局促不安。

科斯坦扎问西梅伊我们是不是应该就这个事件出一期报纸。“咱们考虑一下吧，”西梅伊说，语气并不肯定，“假如要谈法尔科内之死，就要谈到黑手党，要抱怨执法力度不够，以及其他类似的问题。我们一下子就与警察、宪兵和‘我们的事业’[②]结下了梁子。不知道这一切会不会让骑士先生高兴。等我们的报纸正式发行的时候，假如有一个法官被炸上了天，咱们肯定要谈。但是现在，立刻谈论这些事情，就要进行某些假设，而这些假设几天之后就会被辟谣。一份真正的报纸需要冒这些风险，但我们为什么要这么做呢？通常情况下，即使是一份真正的报纸，谨慎的做法也是打情感牌，去采访他的家人。你们稍加注意就会发现，电视台就是这样做的。十岁的儿子被泡在酸性药水里面，而他们

---

① Giovanni Falcone(1939—1992)，意大利法官，一九九二年五月二十三日下午在西西里岛被黑手党炸死。
② La Cosa Nostra，黑手党成员对自己组织的称呼。

却去按响母亲的门铃：'女士，孩子去世您是什么感觉？'人们的眼睛湿润了，所有人都觉得满意。有一个很漂亮的德语词，叫做*schadenfreude*，也就是享受他人的不幸。这才是一份报纸应当尊重和培养的。目前，我们并非一定要着手谈论这些悲惨的事情。把愤怒留给左翼报纸吧，他们精通这一行。再有，这个新闻并没有那么惊人。以前就有法官被杀，以后也还会有其他法官被杀。我们还有机会。现在咱们还是搁一搁吧。"

我们又一次排除了法尔科内这个话题，着手更加严肃的事情。

随后不久，布拉加多齐奥靠近我，用胳膊肘碰了我一下："看到吗？现在你应该明白了吧，这个事件同样证实了我那个故事。"

"这他妈有什么关系？"

"我不知道有他妈什么关系，但应该有关系。只要懂得咖啡占卜术，就会发现一切事情都是彼此关联的。只要给我点时间。"

一四

五月二十七日星期三

一天早上醒来后，玛雅说："可是，我不太喜欢他。"

那时，我已经能够将她的念头串联起来。"你说的是布拉加多齐奥?"我说。

"当然，还能是谁?"接着，她好像又想了想，然后说："你是怎么知道的?"

"亲爱的，在这种情况下，西梅伊会说，我们一共就认识六个人，我思考了一下谁对你最不礼貌，于是想到布拉加多齐奥。"

"但我可能还会想到，比如，科西加总统。"

"我却想到了布拉加多齐奥。总之，这次我终于一下子就明白了你的意思，为什么要把事情复杂化呢?"

"瞧，你已经开始思考我所想的东西了。"

该死，她说得有理。

“同性恋。”早上开例会的时候，西梅伊说，“同性恋这个话题永远吸引人。”

“现在已经不用这个词了，”玛雅大着胆子说，“要说 gay，不是吗?”

“我知道，我知道，亲爱的，”西梅伊厌烦地说，“但我们的读者还在用这个意大利语单词，或者至少他们会这么想。因为说出这个词，会令他们产生厌恶的感觉。我知道，如今不再说黑鬼(negro)，而是用黑人(nero)；不再说瞎子，而是说看不见的人。不过，一个黑人始终是黑人，一个看不见的人也始终什么都看不见，可怜的人。我完全不反对同性恋，黑人也是一样。假如他们待在自己家里，那我完全没有问题。”

“要是我们的读者对同性恋感到厌恶，那我们为什么要谈他们呢?”

“我没有从广义上思考同性恋，亲爱的，我支持自由，希望每个人都管好自己的事情。可是，在政界、议会，甚至政府里面，也有同性恋。人们认为，只有作家和芭蕾舞演员才是同性恋，但实际上，他们中间有些人操控着我们，而我们却浑然不知。那是一种黑社会，而且他们互相帮助。对此，我们的读者可能会敏感。”

玛雅并没有放弃："但情况正在发生变化。或许十年以后，一个同性恋说自己是gay，其他人会完全无动于衷。"

"十年后会发生那时应该发生的事情，我们都知道世风日下。然而，目前我们的读者对这个话题很敏感。卢奇迪，您掌握很多有趣的资源，关于政界的同性恋问题，您能够告诉我们点什么。不过，请小心，不要说出名字，我们并不想进法庭。只需要把想法展示出来，让人颤抖，从内心感到不安……"

卢奇迪说："假如您愿意，我可以说出很多名字。不过，要是像您所说的，仅仅是令人打个寒战，那么可以谈谈传闻里所说的一家罗马书店。有地位的同性恋都在那里聚会，但任何人都不会注意到，因为大部分情况下，光顾那里的都是极其平常的人。对于某些人来说，还可以在那里得到一小袋可卡因：你拿本书，把它交给收银台，那个家伙从你手里把书接过去，包起来，然后把小袋可卡因塞进去。众所周知……哎，算了，其中有个人还曾经做过部长，结果也是同性恋和瘾君子。所有人都知道，或者更确切地说，有分量的人都知道，那些无产阶级的同性恋并不会光顾那里，芭蕾舞演员也不会，因为他们的穿着会很显眼。"

"谈论谣言非常好，不过要加上某个重口味的细节，就好像一幅画中引人注目的色块。不过，还是有一种办法可以影射那些名字。比如，我们可以说那个场所绝对值得尊重，因为光顾那里的都是非常正直的人物，然后说出七八个完全不会被怀疑的作家、记者和议员的名字。只是在这些名字里，要加入一两个真正的同性恋。不能说我们在诽谤某个人，因为那些名字出现在那里，正是作为靠谱者的典范。您甚至可以在里面加入某个众所周知的花花公子，大家甚至知道他的情人是谁。反正我们发布了一组密码，想理解的人就会理解，某些人会明白，假如愿意的话，我们还可以写更多。”

玛雅心里很乱，这一点一看便知。不过，所有人都为这个主意而兴奋。我们了解卢奇迪，期待他写出一篇漂亮而又狠毒的文章。

玛雅第一个就离开了，同时向我示意她很抱歉，今天晚上她要一个人待着，吃片思诺思，然后睡觉。就这样，我又落入了布拉加多齐奥的魔掌。我们一边散步，他一边继续给我讲述那些故事。你看多巧，我们又来到巴聂拉街，就好像这个昏暗的地方刚好适合他那个关于死亡的故事。

“你听我说，我陷入了一系列有可能会与我的假设形成矛盾的事件，但你会看到，事实并非如此。也就是说，沦落为一堆烂肉的墨索里尼被重新缝合完好，与克拉拉一起，葬在了穆索科公墓，以免有人去朝拜和祭奠。这应该是帮助真正的墨索里尼逃跑的那个人所希望的，这样他的死亡才不会被过度谈论。当然，不可能创造出类似于红胡子那样的秘密。这种方法或许在希特勒身上行得通，因为没有人知道他的尸体到了哪里，甚至不知道他是否真的死了。不过，就算墨索里尼死了(游击队始终在为洛雷托广场的事情庆祝，把它当做解放过程中一个神奇的时刻)，也必须做好准备，有一天死者会重新出现。就像歌里所唱的那样，‘与从前一样，甚至比从前还要强大’。然而，你无法让那具烂泥似的尸体复活。此时，那个搅局的雷齐西出场了。”

“我好像记得，是那个偷窃元首尸体的人。”

“正是。他是一个二十六岁的新手，是萨罗共和国最后的狂热分子。空有理想，却没有任何想法。他想要给自己的偶像一个可以辨认的墓穴，又或者至少将新法西斯党正在复兴的丑闻公布出来。他纠集了一群同样没脑子的人，在一九四六年四月的一天深夜进入了墓地。为数不多的那几个值夜的守卫睡得正香。这些人好像直奔墓穴，明显得到了某个人透露的内情。他们将那具比入棺时更加破烂的尸体从地下挖出——已经过去了一年时间，你想想他看到的是什么——悄无声息，但又是马马虎虎把它运走了。在墓地的小路上，这里掉了一块分解的有机物质，那里甚至掉了两块趾骨。看看都是些怎样的捣乱分子。”

我感觉，假如参加了那场臭气熏天的搬运行动，布拉加多齐奥会特别享受。如今，无论他的恋尸癖发展成什么样子，我都不会感到奇怪。我任凭他继续说下去。

“所有人为之震惊和恐惧，报纸上满目皆是爆炸性标题，警察和宪兵奔走了一百天，也没有找到那些遗骸的痕迹，虽然在它所经之处，应该会留下一道‘芬芳’的轨迹。无论如何，盗尸案发生仅仅几天之后，他们就抓住了第一个老兄，一个名叫拉纳的人，随后是一个又一个的同伙。到七月末的时候，雷齐西也最终落网。随后他们发现，在一段时间里，尸骸被藏在拉纳位于瓦尔泰利纳的家里，五月又被交给了祖卡神父，米兰圣天使方济各修道院的院长，他让人把元首的尸体砌在了教堂第三个中殿里面。祖卡神父和他的助手巴里尼神父的问题另当别论。有人见到他们为一个反动的上流米兰人团体充当牧师，在新法西斯者的圈子里贩卖假币并兜售毒品。但对于其他人来说，他们依然是心地善良的修士，不能推卸让每一个善心基督徒‘入土为安’的责任。不过，对于这件事我同样不感兴趣。我所感兴趣的是，在得到了舒斯特枢机主教的允许之后，政府急急忙忙将那具尸体掩埋在切罗马焦雷这所圣方济各修道院的礼拜堂里。从一九四六年到一九五七年，尸体都被放在那里，整整十一年消息都没有透露出去。你明白的，这里是事情的关键。那个白痴雷齐西冒险挖出了替身的尸体。在那种情况下，不可能再对尸体进行严格的检查。然而，无论如何，对于想要结束墨索里尼这桩事的人来说，最好保持沉默，尽少谈论。然而，正当雷齐西(在监狱里度过了二十个月之后)在议会里仕途顺畅的时候，同样借助新法西斯党徒的选票进入政府的新任总理阿多内·佐利，作为选举中所获支持的回报，允许将尸体归还墨索里尼的家人，并在他的故乡普雷达皮奥下葬。那里因此成为圣地，至今仍有怀念法西斯制度的老人以及新的狂热者汇聚到那里，标志是黑衬衫和罗马帝国式的问候。我认为佐利并不知晓真正的墨索里尼仍然健在，所以对于替身的崇拜并没有令他不安。我不知道，或许事情的发展并非如此，也或许替身的事根本不在新法西斯主义者的掌控之中，而是另有其人，而且更加有权势。”

“可是，墨索里尼的家人在这场游戏当中又扮演了什么角色呢？要么他们不知道元首仍旧活着，我觉得这不可能；要么就是同意在家里放一具外人的尸体。”

“你看，我还没有弄清楚他家人的情况如何。我认为他们知道自己的丈夫或父亲还活在什么地方。假如他藏在梵蒂冈，那就很难见到他。然而，无论以任何形式出现，墨索里尼的家人都不可能进入梵蒂冈而不引人注意。更好的假设是他去了阿根廷。有什么依据？就拿维托里奥·墨索里尼来说吧。他逃脱了大清洗，成为剧作家和电影导演，战后很长时间住在阿根廷。在阿根廷，明白吗？是为了待在父亲身边吗？有一张罗马诺·墨索里尼和其他人在钱皮诺机场的照片，他们是为了给到布宜诺斯艾利斯去的维托里奥送行。为什么要如此看重兄弟的一次旅行，何况他在战前就去过美国？而罗马诺呢？他在战后成为了著名的爵士乐钢琴家，甚至在国外举办过音乐会。当然，历史对于罗马诺作为艺术家的旅行不感兴趣，但他会不会途经阿根廷？那么蕾切尔夫人呢？她并没有被监禁，任何人都不能禁止她做一次小小的旅行。也许为免招摇，她会先到巴黎或日内瓦，再从那里去布宜诺斯艾利斯。谁知道呢？当雷齐西和佐利之间发生了那次众所周知的争吵，然后突然把那具尸体的残余部分丢还给她的时候，她不能说那是另一个人的尸体，于是只好忍气吞声，把它留在了家里。这具尸体可以使法西斯主义在怀念那个制度的人们中间继续存活，以便等待真正的元首归来。无论如何，墨索里尼家人的故事我不感兴趣，但我的第二个调查正是从这里开始。”

“接下来发生了什么？”

“晚饭时间已过，我这幅镶嵌画还缺少几块。咱们以后再说。”

我不知道布拉加多齐奥是在像一个连载小说作家那样，按照章回给我讲他的故事，而且每次在说到“待续”的时候，还会留下必需的悬念；还是他真的还在一块块拼凑他的情节。无论怎样，坚持问下去是不合时宜的，因为此时，那臭气熏天的遗体来来回回，已经令我反胃。我回到家，也吞下一片思诺思。

一 五

五月二十八日星期四

“在试刊二号上面，需要登载一篇对诚实问题进行深度探讨的文章。”那天早上，西梅伊说，“众所周知，如今政党中腐败猖獗，所有人都收取贿赂。要让人们明白，只要我们愿意，就可以发动一场反对政党的运动。应该考虑建立一个由诚实者组成的政党，一个由能够谈论一种不同类型政治的公民组成的政党。”

“要小心，”我说，“这难道不就是普通人阵线①吗？”

“普通人阵线，被当时非常强大而又狡猾的天主教民主党采纳，同时也被其阉割。如今，天主教民主党摇摇欲坠，那个英雄的年代也已经不复存在，剩下的只是一群傻瓜。另外，我们的读者并不明白这个‘普通人’的含义。那是四十五年以前的玩意儿，”西梅伊说，“读者甚至不记得十年前发生的事。我刚刚看到，为了纪念抵抗运动，一份重要的日报上面刊登了两张照片，一张是一辆满载游击队员的卡车，另一张则是一队身着法西斯制服的人，正在用罗马人问候的手势向元首致敬。他们被标为法西斯行动队队员。”什么行动队队员啊？那是二十年代的事，队员也不会穿法西斯制服出来转悠。照片上面的那些人，是三十年代和四十年代初的法西斯民兵。我这个年纪的人很容易就能将他们辨认出来。我并不奢望编辑部里工作的人都有我这个年纪，且经历过那个时期。但是，我能够从制服上轻易辨认出拉马尔默拉精选的狙击手和巴瓦·贝卡里斯将军手下的军队，尽管在我出生的时候，无论是前者还是后者都早已作古。假如连我们的同行记性都不好，想想看吧，我们的读者怎么能够记得那个普通人阵线？不过，还是回到我的想法上：一个由诚实者组成的新的政党，可以令很多人担忧。”

“诚实者联盟，”玛雅笑着说，“这是乔瓦尼·莫斯卡一本小说的标题，写于大战前，但如今读起来仍然很有趣味。书中讲的是组成这个神圣联盟的是一些善良的人，他们却要混迹于不诚实的人中间，以揭开他们的面具，或者至少将他们改变为诚实的人。不过，为了被那些不诚实的人接受，联盟成员的行为也必须不诚

① Uomo Qualunque，意大利战后思潮，奢望以普通公民的身份来表达观点和期望。

实。我留给你们自己去想象接下来会发生什么，诚实者联盟逐渐变成了不诚实者联盟。”

“这是文学，亲爱的，”西梅伊反驳道，“而且，那个莫斯卡，谁还记得他是谁？您读书太多了，还是放弃这个莫斯卡吧。不过，假如这个话题令人厌烦，您也没有必要负责它。科洛纳先生，您来帮我一把，写一篇具有深度和力度的文章，而且要有道德。”

“这件事情可行，”我说，“因为呼吁诚实总是能够卖得很好。”

“不诚实的诚实者联盟。”布拉加多齐奥瞅了瞅玛雅，冷笑着说。的确，这两个人生来反相。我越来越不愿意看到这个知识渊博的小东西成为西梅伊的囚徒。不过，我当时不知如何才能够使她得到解脱。我主要的心思都放在她身上(或许她也是?)，这使我对其他事情都失去了兴趣。

午饭的时候，趁着到楼下的酒吧去吃帕尼尼面包的机会，我对她说：“你想不想我们放弃所有这一切，去告发这烦人的事，败坏西梅伊和这个公司的名声呢？”

“那你要去找谁诉说呢?”她问我，“首先，不要为了我毁掉你自己；其次，我也渐渐明白了，所有报纸都是一丘之貉，你又能把这件事讲给谁听呢？他们彼此袒护……”

“你可不要变得像布拉加多齐奥似的，他看哪儿都有阴谋。不过请原谅。我这么说是因为……”我不知道应该怎么说，“因为我觉得我喜欢你。”

“知道吗？这是你第一次这么跟我说。”

“傻瓜，难道我们不是心有灵犀吗？”

的确如此。我至少有三十年没说过类似的话了。那是五月，三十年过去了，我的骨子里重新感觉到了春天。

为什么我会想到骨头？那是因为，我记得就在那天下午，布拉加多齐奥约我在韦尔齐耶莱区见面，就在圣伯尔纳定藏骨堂前面。那是位于圣斯德望广场拐角处的一条小街。

“一座漂亮的教堂。”向教堂里面走的时候，布拉加多齐奥对我说，“它从中世纪开始就在这里，但经历了坍塌、火灾，以及其他的灾难。十八世纪重建之后，它才呈现如今的模样。修建这座教堂的目的，是为了接纳一个麻风病人公墓的遗骨。那座公墓最初距离教堂不远。”

我觉得，在摆脱了墨索里尼的尸体后——因为他无法把它再挖出来——布拉加多齐奥在寻找其他有关死亡的灵感。我们从一个走廊进入了纳骨处。那里空空荡荡的，只有一个小老太太坐在第一排的长凳上面，双手捧头，正在祈祷。高处的壁龛里，在壁柱的装饰中间，摆满了死者的头骨和盛放骸骨的盒子；摆成十字架形状的头骨被镶嵌在一幅由发白的小石子砌成的镶嵌画中，而那些石子其实也是骨头，或许是脊柱的碎块，关节、锁骨、胸骨、肩胛骨、尾骨、手腕骨和脚腕骨、膝盖骨、跗骨和距骨。谁知道呢？教堂里到处都是高高堆起的骸骨建筑，向上望去，你会发现它们一直堆到一个提埃波罗风格的穹顶。它明亮而又欢快，在一团奶油状的玫瑰色尘埃当中，天使与胜利的灵魂在其间振翅飞翔。在一扇紧闭的古老的房门上面，有一个水平的架子，那里排列着边缘敞开的颅骨，就像药店橱柜里的瓷碗。与参观者视线齐平的地方，是由粗大的铁条组成的栏杆，保护着里面的壁龛。不过，手指还是可以从那里伸进去。所以，摆放在里面的骨头和颅骨，也因为几个世纪以来虔诚或奸尸癖者的触摸，变得闪亮和光滑，如同罗马圣彼得教堂里雕像的脚一样。在壁龛里面，目测至少有一千来个颅骨，小块的骨头更是无法计数。壁柱上突出着用骨头制成的基督这个字的拼写，四周用骨头做装饰，就好像是从海盗旗上偷来的。

“这里不仅仅有麻风病人的遗骨，”布拉加多齐奥对我说，就好像世界上再没有比这更美好的东西，“还有从附近坟墓送来的骨架，以及被判处死刑之人、波罗洛医院病逝的人、被砍头或者病死在监狱里的囚犯的遗骨，说不定其中还有小偷或者拦路抢劫者的尸骨。他们死在教堂里，是因为没有其他地方可以让他们安安静静地死去。韦尔齐耶莱区是最为声名狼藉之处……那个老妇人在这里祈祷，就好像这儿是一个圣人的墓穴，保存着非常神圣的遗骸，这一点令我发笑。实际上，这里埋葬的尸体属于强盗、土匪，还有那些该死的灵魂。尽管如此，比起埋葬墨索里尼以及将他从墓穴中挖出的人，年老的教士们更加具有慈悲的胸怀。你看他们是如何认真地，出于对艺术的热爱——尽管也不乏漠然——摆放这些骨头的，仿佛它们是拜占庭的镶嵌画。老妇人受到这些死亡画面的吸引，错以为那是圣人的形象。我已经分辨不出是在哪里，不过，在那下面的祭坛上，应该可以看到一个小女孩半木乃伊化的小小身躯。他们说，在亡灵之夜，她会和其他骷髅一起出来，跳死亡之舞。”

我想象着，这个小顽童甚至牵着那些由骨头组成的小伙伴的手，把他们带到巴聂拉街上，但我没有评论。我曾经在罗马见过盛放苦行僧遗骸的，同样可怕的藏尸罐子，还有巴勒莫恐怖的地下墓穴，里面保留着苦行僧们完整的尸体。都是些穿着衣服的木乃伊，破烂却又不乏威严。但是，布拉加多齐奥明显对他这些安波罗修似的尸体非常满意。

“这里应该还有地下墓室。从大祭坛前面走几级台阶就可以下去，但首先要找到圣器收藏室的管理员，而且还要看他心情好不好。修士们经常把他们兄弟的尸首放在石凳上，任由它们腐烂和液化。慢慢地，尸体开始脱水，体液流走了，这些骨架变得如同船长牙膏广告里的牙齿一样干净。几天前，我想到雷齐西偷走墨索里尼的尸体以后，这里应该是理想的隐藏地点。只可惜我不是在写小说，而是要还原历史。按照历史记载，元首的尸体被放在了另一个地方。可惜。这就是为什么我最近时常参观这个狭小的空间。对于揭开一段历史最后的真相来说，这里给予了我很多灵感。有的人灵感来自多洛米蒂山，或者马焦雷湖，而我却从这里获得灵感。我应该到停尸房去做看守。可能是因为想起了我那惨死的爷爷。愿他的灵魂能够得到安息。”

“但为什么你把我也带来了?”

“没什么特别的原因。我必须把这些在心中沸腾的东西讲给人听，不然我会发疯的。作为唯一捕捉到真相的人，我感到头晕目眩。这里永远都无人光顾，除非有时候，某个无知的外国游客碰巧来到这里。到最后，我触到了留在后方组织。”

“留什么?”

“不要忘了，我还要解决一个问题，那就是他们会怎么对待元首，那个活的。不能让他在阿根廷或者梵蒂冈腐烂，就像他的替身那样。我们该拿元首怎么办呢?”

“我们拿他怎么办?”

“也就是说，盟军，或者盟军中希望他活着的那些人。这样，就可以在适当的时候把他拉出来，对抗一次共产主义革命，或者苏维埃的进攻。第二次世界大战期间，英国人曾经借助一个处于英国信息服务部门领导之下的网络，协调被轴心国占领的国家组织抵抗运动，那就是特别行动处。这个组织在军事冲突结束之后被解散，又在五十年代初重新组织起来，作为一个新组织的核心，在欧洲各国对抗红色武装和企图发动政变的地方共产党。协调的工作由欧洲联合军事力量的最高指挥来负责。于是，在比利时、英国、法国、西德、荷兰、卢森堡、丹麦和挪威诞生了留在后方组织。这是一个近乎军事性的秘密机构。在意大利，从一九四九年就已经开始宣称要成立这样的组织。一九五九年，意大利的情报部门加入了计划与协调委员会，直到一九六四年，短剑行动才正式诞生，并由美国中央情报局提供资金支持。短剑：这个名字本身就应该能够向你说明些什么，它是罗马军团的一种武器，所以，提到短剑就会让人想到法西斯的标志：束棒，或者类似的东西。这个名字能够吸引那些退伍军人，投机分子，还有怀念法西斯制度的人。战争已经结束了，很多人却依旧沉浸在对那些英雄时日的回忆当中，怀念带着两个炸弹去搞袭击的日子，嘴里还含着一朵花(就像法西斯歌曲里唱的那样)，怀念机枪的扫射。他们或曾是法西斯分子，或是六十多岁的理想主义的天主教徒，一想到哥萨克人在圣彼得大教堂的圣水里饮马，就会感到恐惧。不过，这其中也包括逝去的君主制的狂热爱好者。有人说，甚至连埃德加多·索尼奥也卷了进去。他曾经是皮埃蒙特地区游击队的首领，是一位英雄，但也是彻头彻尾的保皇派。所以，他也与对一个逝去世界的崇拜联系在一起。新兵被送到撒丁岛的一个营地去训练。他们会在那里学习(或者回忆)如何炸毁桥梁，操纵机关枪，用牙齿咬着匕首，在半夜袭击一小队敌人，或者进行破坏和游击活动……”

“但他们也许是退役上校，体弱多病的宪兵上校，发育迟缓的会计师，但我并不认为他们能够攀登桥墩和桁架，就像在《桂河大桥》里那样。”

“是这样。不过，其中也有年轻的新法西斯分子。他们想动手打人，脾气暴躁而又不问政治，也毫无秩序。”

“几年前我好像读到过类似的东西。”

“当然。战争结束后，短剑行动就始终非常保密。这件事情只有情报部门和高级军事指挥官才知道，总理、国防部长，甚至共和国总统，也都是后来才逐渐得知了此事。在苏维埃帝国垮台之后，那个机构几乎失去了所有实际的功能，也或许是因为花销太大。九十年代，正是科西加总统任由秘密泄露了出去。在同一年，安德烈奥蒂总理在正式场合说，是的，曾经有过短剑行动，过多搪塞是没有用的。在当时，它的存在是有必要的，如今故事已经结束，流言蜚语也该停止了。并没有人采取过激的行为，大家也几乎把它遗忘了。只有意大利、比利时和瑞士的议会展开了一些调查，但老布什拒绝对此作出评论，因为他正忙于海湾战争的准备工作，不愿意动摇大西洋联盟。在所有参加留在后方组织的国家里，这件事情都被掩盖得悄无声息。尽管发生了某些事故，但是可以忽略不计。在法国，人们很久以来就知道，臭名昭著的OAS是由法国留在后方组织的成员组成。但是，阿尔及利亚政变失败之后，戴高乐总统平息了那些不同意见。在德国，众所周知，一九八〇年慕尼黑啤酒节上的炸弹，来自德国留在后方组织的一个仓库。在希腊，是留在后方组织的部队LOK引导了上校们组织的军事政变；在葡萄牙，神秘的阿金特新闻社派人杀害了莫桑比克解放阵线的领导者爱德华多·蒙德拉内；在西班牙，佛朗哥去世一年后，两个卡洛斯党员被极右派恐怖分子杀害；又过了一年，留在后方组织在马德里一个共产党的律师事务所里制造了惨案；在瑞士，就在两年前，留在后方组织前任地方指挥官阿波斯上校在一封写给国防部门的密信中声明，他愿意揭露'所有真相'。之后，他被发现死在家中，而杀害他的武器正是他自己的匕首。在土耳其，灰狼组织与留在后方组织之间存在联系，随后被牵连到刺杀教皇保罗二世的事件当中。我可以继续说下去。到此为止所讲的，还只是我笔记中的很少几点。不过你也看到了，它们都是一些小事，这里或者那里制造一起凶杀案，最终沦为地方新闻，每次都被人遗忘。问题在于，报纸的功能并非传播新闻而是将其掩盖。发生了X事件，你不能不报道，但这会令太多人尴尬。因此，在同一期报纸上，你会刊登一些耸人听闻的标题，比如母亲割断了四个孩子的喉咙，我们的积蓄会化为乌有，有人发现了一封加里波第辱骂尼诺·比克肖的书信，等等。这样，你的那条新闻就淹没在新闻的海洋中。不过，我所关心的，是从六十年代到一九九〇年间短剑计划在意大利的所作所为。它应该是无所不为，与极右派的恐怖活动搅在一起。另外，它还应该参与了一九六九年喷泉广场的爆炸案。而且，从那个时候开始——当时正值六八年学生运动，和随后秋天的工潮——有人明白了，可以怂恿恐怖袭击，然后将责任推卸给左派。据说利齐奥·杰利负责的那个臭名昭著的共济会P2分会，也插手了这些事。但是，为什么一个本应该与苏维埃开战的组织，却仅仅致力于恐怖打击呢？我在无意中又发现了整个有关瓦莱里奥·博尔盖塞王子的故事。”

说到这里，布拉加多齐奥对我讲起了很多报纸上曾经刊登过的事情。六十年代，在很长一段时间里，大家都在谈论军事政变，和“炫耀武力”。我记得曾经有谣言说，德洛伦佐将军希望发动一场政变(尽管始终没有实现)。现在，布拉加多齐奥在回忆被称作森林警察政变的那个事件。这是一个相当荒唐的故事，似乎还有人拍了一部讽刺电影。瓦莱里奥·博尔盖塞王子也被称作“黑王子”。他曾经指挥过海军第十舰队。据说这个男人有些胆量，是个彻头彻尾的法西斯分子。显然，他曾经加入过萨罗共和国，但人们始终没弄明白，在一九四五年那次大清洗中，他如何得以逃脱，同时保留他那优秀战士的光环。他总是歪戴贝雷帽，肩上挎着机关枪，身穿高领毛衣，裤脚束紧，一副典型的军人装扮。其实，他假如穿得像个会计一样走在街上，就凭那张脸，任何人都不会多看他一眼。

一九七〇年，博尔盖塞认为军事政变的时机已经到来。布拉加多齐奥认为，假如墨索里尼流放归来，应该已经将近八十七岁，所以，他不能等太久，因为早在一九四五年，他就已经显得疲惫不堪。

“有几次我都感动了，”布拉加多齐奥说，“为那个可怜的人。想想看，他需要多少耐心。假如他就在阿根廷——尽管由于胃溃疡，他不能吃那里的牛排——他至少还可以欣赏那片无尽的潘帕斯草原(想想那是怎样的享受啊，二十五年)。但是，假如他还留在梵蒂冈，那么情况就会更糟。他最多可以在晚上到某个小花园散散步，喝点一个长胡子的修女给他做的菜粥，一边还想着失去了意大利，失去了情人，也不能再拥抱自己的子女，或许他开始失去理智，整天坐在沙发里，反复回忆往昔的荣耀。他只有借助黑白电视，才能看到世界上发生的事情。他的思维因为衰老而变得混沌不清，梅毒也令他变得激动。他回想起在威尼斯宫阳台上发表的激昂演讲，夏季赤裸着上身为谷物脱粒，不断地去亲吻孩子们，而他们的母亲却如狼似虎地亲吻他的手；或者下午在放着地图的大厅里，男仆纳瓦拉把颤抖的女士带进来见他。刚刚解开马裤的扣子，他就将女人放倒在写字台上。仅仅几秒钟，那些女人就如同母狗一样叫喊，然后怀着爱意小声说，噢，我的元首，我的元首……他垂涎欲滴地追忆往昔，如今，他宝刀已老，而某些人还不断地在他头脑中强化一个念头，那就是复兴的时刻即将到来。我想到关于希特勒的一个笑话。他同样是流亡到阿根廷，而新纳粹分子希望说服他重新回到历史舞台，征服世界。他犹豫了很久，衰老已经令他反应迟缓。最终，他说，好吧，但这次……我们要做恶人，对吗？”

“总之，”布拉加多齐奥继续说，“一九七〇年的时候，一切都令人认为，发动政变是可行的。当时意大利情报机构的头儿是米切利将军，他同样是共济会 P2 分会的成员。后来，他成为政客，并加入新法西斯党。请注意，他因为博尔盖塞事件受到怀疑和调查，但得以从困境中摆脱出来，并在两年后安静地死去。我得到确切的消息，博尔盖塞政变过去两年之后，米切利还从美国大使馆那里得到八十万美元，也不知道是出于何种原因，或者因为什么事情。所以，博尔盖塞可以依赖高级官员和短剑行动，还有西班牙战争中的佛朗哥老兵，以及共济会的支持。还有人说，黑手党也加入了进去。您也知道，黑手党无处不在。那个利齐奥·杰利在暗处策反宪兵和军队指挥，而那些领域已经充斥了共济会成员。请仔细听听关于利齐奥·杰利的故事，因为他对于我的论断至关重要。也就是说，杰利曾经到西班牙参战，对于这一点他从未否认。他曾经加入社会共和国，并作为联络官与党卫军一起工作。不过，与此同时，他也与游击队接触，并在战后和美国中央情报局取得了联系。这样一个人物不可能不插手短剑行动。不过，请听听这个：一九四二年七月，作为国家法西斯党的调查员，他曾经受到委托将南斯拉夫国王彼得二世的财宝运到意大利，包括六十吨金条，两吨旧货币，六百万美元，还有军事情报处此前没收的二百万英镑。一九四七年，这笔财宝终于得到归还，但在清点的时候，却少了二十吨金条，据说杰利把这笔钱运往了阿根廷。阿根廷，明白吗？在阿根廷，杰利不仅与总统贝隆，而且还与魏地拉这样的将军保持着友好的关系，并从阿根廷获得了外交护照。又是谁在管理阿根廷的事务呢？是他的左膀右臂翁贝托·奥尔托拉尼。此人也是杰利和马辛克斯总主教之间的联络人。这又说明什么呢？说明所有的线索都将我们引向阿根廷。元首就在那里，正在为回归做准备。他自然需要金钱和一个良好的组织，以及当地的支持。这就是为什么对于博尔盖塞政变来说，杰利至关重要。”

“当然，如此一来你的猜测显得很有说服力……”

“的确如此。不过，这也并不排除博尔盖塞组建的是一支乌龙军。在这支部队里，除了那些怀念法西斯制度的老爷爷（博尔盖塞本人也已经六十多岁），还包括一些国家部门的代表，甚至还有森林警察。不要问我为什么就是森林警察，或许是因为战争对森林的破坏，使得他们无事可做。不过，这群乌合之众也有能力做出恐怖的事情来。随后的审判资料显示，利齐奥·杰利的任务应该是负责抓捕当时的共和国总统萨拉盖特。奇维塔韦基亚的一个船主提供了自己的商船，用来将政变中抓到的人运送到利帕里岛。你想不到有谁被牵连进这场政变当中！奥托·斯科尔兹内，就是一九四三年将墨索里尼从大萨索山营救出来的那个人！他仍然能够自由活动，是战后残酷的大清洗中另外一个侥幸存活下来的人物。他与美国中央情报局有联系，能够保证美国不会反对这场政变，只要上台的是一个温和的民主派联合军事政府。想想这个情形中所包含的虚伪。但是，之后的调查从来没有显示出，斯科尔兹内与墨索里尼中间明显地存在着联系，以及后者得到了他很多帮助。或许斯科尔兹内本来要负责元首的流放归来，以便提供一个政变者们所需要的英雄形象。总之，整个政变都建立在元首凯旋的基础之上。现在，请认真听我说：政变的周密准备工作从一九六九年就已经开始。注意，在喷泉广场惨案发生的那一年，他们无疑已经开始准备，并让所有的怀疑都落在左派的身上，在公众舆论上为回归秩序做准备。博尔盖塞计划占领内政部，国防部，意大利广播电视公司总部，以及通讯网络(电台与电话)，并流放议会中的反对者。这些并非是我的幻想，因为随后发现了一份博尔盖塞准备在电台宣读的声明。他大致会说：‘一直期待的政治转折终于到来。统治了二十五年的这个政府，将意大利推到了经济和道德崩溃的边缘。武装力量和警察力量会协助政变者取得政权。’讲话结束的时候，博尔盖塞会说：‘意大利同胞们，此刻，我把荣耀的三色旗交到你们手中，请你们高声唱出我们心中难以抑制的，爱的国歌。意大利万岁。’这是典型墨索里尼式的说法。”

在十二月七号和八号(布拉加多齐奥提醒我说)，几百名密谋者汇集到罗马，开始分发枪支和子弹。有两个将军占领了国防部，一队武装的森林警察在广播电视公司的各个分公司附近埋伏。在米兰，他们准备占领塞斯托圣乔瓦尼，那里传统上是共产党的要塞。

“那么，当整个计划看上去万无一失，突然发生了什么事情呢？当那些阴谋家已经将罗马掌握在手中，博尔盖塞却通知所有人，行动中止。之后的说法是，效忠政府的国家机器反对这个阴谋。但是，在那种情况下，他们会在前一天逮捕博尔盖塞，而不会等到罗马城已经遍布身穿制服、手持刺刀的人。无论如何，这个事件几乎是悄无声息地了结了：政变者平安地消失，博尔盖塞逃到了西班牙，只有少数几个傻瓜被捕，但他们所有人都获准‘监禁’在一些私人诊所里，其中一些在拘留期间还获得了米切利的探访。他许诺提供保护，从而换取他们的沉默。议会进行了一些调查，但报界对此极少谈论，仅仅是在三个月之后，公众才隐隐约约得知了这件事。我不想知道到底发生了什么，只是关心为什么一次准备如此周密的政变，会在短短几个小时内取消，从而将一件相当严肃的事情变成了闹剧。为什么呢？”

“我要问你了。”

“我好像是唯一提出这个问题，也是唯一找到答案的人，而这个答案如同太阳一样，一目了然：就在那一天夜里，传来消息说，或许已经踏上意大利领土，准备再次出现在人们面前的墨索里尼，突然死了。在他那个年纪，在船上如同一个邮包一样摇来晃去，发生这种事不是完全不可能。政变中止，因为这个具有魅力的象征消失了。这一次是千真万确的，却比他所谓的死亡晚了二十五年。”

布拉加多齐奥的眼睛烁烁放光，仿佛照亮了围绕在我们四周的那些颅骨。他的手颤抖着，嘴唇上覆盖着一层白色的唾液。他抓住我的肩膀：“你明白吗，科洛纳，这就是经过我复原的事实！”

“可假如我没记错，当时还有一场诉讼……”

“那是一个笑话，安德烈奥蒂与他们合作，掩盖了一切。最后，被投入监狱的都是些次要人物。问题在于，我们知道的一切都是假的，或者是经过了改头换面。在二十年的时间里，我们都生活在欺骗当中。我对你说过，永远不能相信人家告诉我们的东西……”

“你的故事到这里就结束了……”

“噢不，另一个故事又开始了。假如之后发生的事情不是墨索里尼之死的直接后果，我也不会对它发生兴趣。没有了元首这个的形象，短剑行动再也不能奢望获得政权，而苏维埃的入侵也显得越来越遥远，因为如今与它的关系越来越缓和。不过，短剑行动并没有撤销，甚至恰恰是在墨索里尼死去之后，它才真正行动起来。”

“怎么会这样？”

“鉴于不再需要推翻原有政权，并建立一个新政权取而代之，短剑行动便渗透到所有神秘的武装力量中间，企图破坏意大利的稳定，让左派势力的上台显得无法容忍，并为所有通过合法手续建成的，新形式的镇压措施做准备。你注意到了吗，在博尔盖塞政变之前，曾经有过一些小规模的爆炸案，比如喷泉广场爆炸案。红色旅是那一年才开始建成的，并在接下去的几年里制造了一系列的惨案。一九七三年，米兰警察局爆炸，布雷西亚市洛基亚广场发生惨案。同一年，一颗威力极大的炸弹，在从罗马到巴伐利亚州慕尼黑的伊塔利库斯号列车上爆炸，造成十二人死亡，四十八人受伤。不过，请注意，阿尔多·莫罗[①]本来应该在那趟车上，只不过在最后时刻，部里的一些官员让他下车签署一些紧急文件，他才误了火车。十年之后，另一颗炸弹在那不勒斯—米兰快车上爆炸。更不要说莫罗事件，我们至今仍不知道到底发生了什么。不仅如此，一九七八年九月，在当选仅仅一个月之后，阿尔比诺·卢恰尼[②]便神秘死亡。他们说是心脏病发作或者中风。但是，为什么教皇卧室里的私人物品也不见了？眼镜，拖鞋，笔记本，甚至包括乙苯福林，鉴于老人患有低血压，一定要服用这种药物。为什么这些东西会消失得无影无踪？或许一个患低血压

---

① Aldo Moro(1916—1978)，意大利政治家，曾两次出任意大利总理，一九七八年遭红色旅绑架并被杀害。

② 即教皇约翰·保罗一世。

的人不可能以那种方式猝死？为什么随后进入卧室的第一个重要人物是维约主教？你会说那是很自然的事，因为他是梵蒂冈的国务卿。但是，某个叫亚洛普的人随后写了一本书，里面揭示了各种事件：传言教皇对神职人员与共济会的阴谋产生了兴趣，而成员中可能就包括这个维约，还有阿戈斯蒂诺·卡萨罗利神父，《罗马观察家报》副主任，梵蒂冈电台主任；当然还有无处不在的马辛克斯主教，他在梵蒂冈银行，也就是善德堂（IOR）里面能够呼风唤雨。之后，他被发现支持逃税和洗黑钱，并掩盖另外一些人物的暗中交易，比如罗伯托·卡尔维和米凯莱·辛多纳。看看有多么凑巧，几年之后，他们中一个在伦敦黑衣修士桥下吊死，另一个在监狱中被毒死。在教皇卢恰尼的写字台上，人们发现了一份《世界周刊》，打开的那一页上面写着对于梵蒂冈银行经营活动的调查。亚洛普怀疑有六个人可能是凶手：维约，芝加哥红衣主教约翰·科迪，马辛克斯，辛多纳，还有卡尔维，以及共济会P2分会那位可敬的杰利大师。你会对我说，所有这一切与短剑行动毫不相干。但是，你看看有多么巧合，其中很多人都与其他事件有关，而且梵蒂冈也被牵连到营救和收留墨索里尼的行动当中。或许教皇卢恰尼正是发现了这件事，尽管距离真正的元首之死已经有一些年头。于是，他想把从二战结束开始就在准备政变的那群黑社会一网打尽。我还要告诉你，卢恰尼死后，这件事应该是落到了约翰·保罗二世的手里。三年后，他遭到了土耳其灰狼的枪击。正如我对你说过的，那些人依附于那个国家的留在后方组织……之后，教皇宽恕了凶手，后者被感动，在监狱里服刑。不过，教皇总之是受到了惊吓，不再去管那件事，而且意大利对于他来说无足轻重。教皇好像更关心与第三世界的那些新教团体的斗争。所以，他们才让他过上了安静的日子。这些巧合足以说服你吗？”

“不过，这难道不是因为你在任何地方都看到阴谋，所以草木皆兵了吗？”

“我吗？但这些都是司法文件。只要懂得如何在档案里搜寻，这些事件都是可以找到的。只不过因为新闻一条接着一条，所以这些事情就被人为忽视了。你就拿潘泰罗事件来说吧。一九七二年五月，在戈里齐亚附近，宪兵们得到通知，一辆菲亚特500被弃置在某条路上，挡风玻璃上有两个弹孔。三名宪兵赶到现场，试图打开发动机的盖子，却当场被炸死。在一段时间里，人们认为这是红色旅所为。然而，几年之后，冒出了一个叫做文琴佐·文齐圭拉的人。听听这是怎样的一个家伙：由于另外一桩暗中交易，他躲避追捕，逃到了西班牙，受到国际反共网络阿金特新闻社的保护。在那里，他借助另外一个右翼恐怖分子斯特法诺·德莱·吉雅耶的关系，加入了国家先锋，然后逃到智利和阿根廷。

然而，到了一九七八年，他认定自己所有反对国家的斗争都是无意义的，所以，出于自身的德行向意大利政府自首。请注意，他并没有后悔，而是依旧认为到那时为止的行为是正确的。你会问：那么，他为什么要自首呢？要我说，是想要给自己做广告。有一些杀人凶手会回到犯罪现场，一些连环杀手会给警察提供自己的行迹，因为他们希望被抓住，否则就不会登上报纸头版。从那时起，这个文齐圭拉坦白了大量的事情。他承担了潘泰罗爆炸案的责任，并指出是国家的安全力量为他提供了保护。还是在一九八四年，一个名叫卡松的法官发现，用于潘泰罗爆炸案的炸弹，来自短剑行动的一个武器仓库。更加匪夷所思的是，这个仓库的存在——你要是能猜到，我给你一千块钱——是安德烈奥蒂告诉他的。所以说，安德烈奥蒂什么都知道，但是从来没有开口。意大利警方的一个专家(恰好也是极右组织新秩序的成员)曾经做出一份鉴定：事件中使用的炸药与红色旅所使用的相同。然而，卡松向大家证实了，事件中所使用的炸药是提供给北约的C-4。总之，这是一个绝妙的阴谋。不过，正如你所看到的，无论是北约，还是红色旅，背后总是少不了短剑行动。唯一不同的，是调查同样显示出，新秩序与意大利军事情报处也曾经合作过。你也明白，假如军事情报处把三名宪兵炸得飞上天，那不会是因为对于军队的仇恨，而是为了让罪名落在极左派的头上。我简单跟你说吧，经过了调查和反调查之后，文齐圭拉被判处终身监禁，在那里，他依然不断地揭露他们曾经实行的紧急状态的战略。他谈到了博洛尼亚惨案(你看，一个惨案和另一个惨案之间是有联系的，并不是我的幻想)，说一九六九年喷泉广场爆炸案是由当时的总理马里亚诺·鲁莫尔策划的，为的是宣布进入紧急状态。另外，他还说，我来给你读一下：'没有钱不可能成为逃犯。没有依靠也不可能成为逃犯。我可以选择其他人曾经走过的路，找到另外的依靠，或许通过情报机构前往阿根廷。我还可以选择黑社会这条路。然而，我既不适合与情报机构合作，也无法成为罪犯。所以，为了重获自由，我只有一个选择，那就是把自己交出去。我就是这样做的。'显而易见，这是一个自我炫耀的疯子所具有的逻辑，但这个疯子拥有可靠的信息。这就是我的故事，几乎完完整整地得到复原：被认为已经死亡的墨索里尼的影子，笼罩着一九四五年以来，甚至是今天所有在意大利发生的事件，而他真正的死亡，触发了这个国家历史上最为恐怖的时期；同时，留在后方组织，美国中央情报局，北大西洋公约组织，短剑行动，共济会 P2 分会，黑手党，情报组织，以及最高军事指挥官，比如安德烈奥蒂这样的国家总理和科西加这样的总统全都牵连其中；当然，还包括了大部分的极左恐怖组织，而它们也理所应当地遭到渗透和操纵。更不要说还有莫罗，他被绑架和杀害，是因为他了解到某些事情，而且会把那些事情说出来。假如愿意的话，你还可以在其中加入表面上没有任何政治重要性的，更小的犯罪案件……”

“是的，圣格里格里奥大街的野兽，科雷焦的肥皂女工，萨拉利亚大街上的怪兽……”

“不要这么刻薄。或许战后最初的几起事件与此事并不相干。但是，从所有其他事件中，就像人们所说的，更容易看出，这是一段由唯一一个虚拟形象控制的历史，就好像是从威尼斯广场的那个阳台来指挥交通，尽管任何人都不曾见过他。”他指着我们周围沉默的客人们说，“都是些骷髅。他们总是可以在深夜出门，上演那些毛骨悚然的舞蹈。你是知道的，天地之大，等等。等等。不过，在苏维埃的威胁结束之后，短剑行动就正式被束之高阁，无论是科西加还是安德烈奥蒂，都曾经谈论到它，以便驱赶它的幽灵，将它介绍为一件经过当局许可的，平常的事情，一个由爱国者组成的团体，如同昔日的烧炭党一样。不过，一切真的结束了吗，还是某些顽固的集团仍旧在暗处活动？我认为我们还会看到精彩的事情发生。”

他环顾了一下四周，皱着眉说：“不过，现在最好还是出去，我不喜欢现在走进来的那群日本人。东方间谍无处不在，而且他们懂得所有的语言。”

走到户外，我深深地呼吸着外面的空气。我问他："所有这些事情，你都证实了吗？"

"我和了解很多事情的人谈过，还向我们的同事卢奇迪咨询过。或许你不知道，他与情报机构有联系。"

"我知道，我知道。可是，你相信他吗？"

"他们这类人习惯保持沉默，你不必担心。我还需要不多的几天时间，收集其他无可辩驳的证据，然后就去找西梅伊，把我的调查资料给他看。一共十二集，可以登在十二期试刊号上面。"

那天晚上，为了忘记圣伯尔纳定藏骨堂的那些骨头，我带玛雅去了一家点着烛光的餐馆。当然，我没有和她谈论短剑行动，也避免吃那些需要剔骨的饭菜。就这样，我慢慢地走出了下午的噩梦。

一 六

六月六日星期六

后来，布拉加多齐奥又花了几天时间来核实他的那些发现。星期四，他和西梅伊两人整个上午都关在办公室里。将近十一点，布拉加多齐奥从办公室走了出来，西梅伊还在叮嘱他："再把那些数据核实一下，我希望更有把握。"

"别担心。"布拉加多齐奥回答。他情绪很好，而且非常乐观。"今天晚上我约了一个可靠的人见面，最后再核实一下。"

除此以外，整个编辑部都在忙于确定第一期试刊号上那些日常性的版面：运动、帕拉提诺负责的游戏、几封辟谣信、星座运势和讣告。

"无论咱们如何擅长编造，"有一刻，科斯坦扎说，"咱们也无法填满二十四页。还需要其他新闻。"

"好的，"西梅伊说，"那么您也来帮个忙吧，科洛纳，拜托了。”

“不需要编造新闻，”我指出，“只需要把它们重新利用。”

“怎么做？”

“人们记性很差。咱们来举一个荒谬的例子。所有人都应该知道，朱利乌斯·恺撒是在三月的伊德斯日被杀害的，但众说纷纭，十分混乱。可以看看最近出版的一本英文书。该书对恺撒之死进行了重新梳理。所以，我们只需加上一个耸动的标题：剑桥大学历史学家们的轰动发现：恺撒的确是在三月的伊德斯日被杀害。重新讲述所有的情节，就可以写出一篇人们喜闻乐见的文章。好吧，在恺撒这个故事上，我有点夸张了，但假如谈到特利乌左养老院事件，便可以写出一篇影射罗马银行事件的文章。那件事发生在十九世纪末，与目前的丑闻毫不相干，但一个丑闻总会令人联想到另一个丑闻。我们只需要影射坊间的某些谣言。谈到罗马银行事件时，要做到它好像就发生在昨天一样。我认为，卢奇迪知道如何从中找到有趣的东西。”

“好极了，”西梅伊说，“你有什么要说的，坎布里亚？”

“我看到了新闻社发来的一条消息：在南方某个小镇上，又有一座圣母像开始哭泣。”

“太棒了，就以此为题材，写出一个绝妙的故事！”

“迷信卷土重来……”

“不！我们并非无神论或者理性主义者团体的报纸。人们希望看到奇迹，而不是那些激进时髦派的怀疑论调。讲述一个奇迹并不意味着妥协，说报纸相信这个奇迹。只要讲述事实，或者说有人亲眼目睹了那个事实。至于圣母像是否真的哭泣，那不关我们的事。结论应该由读者来做。假如他是信徒，那么他就会相信。这篇文章还要用一个跨几个栏的大标题。”

所有人都情绪激昂地工作起来。我从玛雅的办公桌旁走过。她正在专心致志地写讣告。我对她说：“千万要写上：家人无比悲痛……”

“还有，朋友菲力贝尔托悲痛地拥抱亲爱的马蒂尔德，和最亲爱的马里奥和塞雷娜。”她回答说。

“名字也要与时俱进，Jessica 最好写成 Gessica，Samantha 要省掉中间的字母 h。”我冲她笑笑，权作鼓励，然后就走开了。

晚上，我去了玛雅家，安然度过了一个夜晚，像另外几次一样。尽管那个狭窄的空间被一些摇摇欲坠的高塔般的书堆填满，却也变成一个爱巢。

书堆中间夹杂着很多光盘，都是传统的黑胶唱片，是她爷爷的遗物。有时候，我们会长时间地躺在那里听音乐。那天晚上，玛雅播放了一张贝多芬第七交响曲，然后为我讲起自己年少时的经历，眼眶渐渐湿润了。听到第二乐章的时候，她哭了起来。“我十六岁时才开始听音乐。我没有钱，多亏认识的一个家伙帮助，我才能够免费钻进剧院的顶层楼座。不过，我没有座位，只能蜷缩在台阶上，然后渐渐地几乎躺倒在地上。木板很硬，但我并没有觉察。听到第二乐章的时候，我想或许我愿意就这样死去，于是开始哭起来。当时我有点疯了。可是，即使变得聪明之后，我仍然会哭。”

我从未在听音乐的时候哭泣，但她的做法令我感动。沉默几分钟之后，玛雅说:“他的确是个蠢人。”他是谁? 舒曼，玛雅对我说。她的心思不知道飞到了哪里。像往常一样，她的自闭症又犯了。

“舒曼是一个蠢人?”

“是的，他的作品中流露出很多浪漫主义的情绪。鉴于他生活在那个时期，我本来是想研究一下的，但他的作品都过于复杂。他绞尽脑汁进行创作，于是变成了疯子。我明白为什么他的妻子后来爱上了勃拉姆斯。完全是另一种秉性，另一种音乐，是享受生活的人。不过，请注意，我并不是说舒曼有这么糟糕。我明白他有天赋，并不像那些夸夸其谈之人。”

“哪些人?”

“就是那个吵闹的李斯特，那个自大狂拉赫玛尼诺夫。他们的音乐作品的确糟糕，仅仅是制造效果，为了赚钱，比如为那些糊涂虫写些C大调协奏曲，或者类似的东西。要是你去翻那堆光盘，并不会在其中找到他们的作品。我把它们都扔了。他们的水平比农场工人好不了多少。”

“可是，对你来说，谁比李斯特更有才华?”

“萨蒂，不是吗?”

“但听萨蒂你不会哭，对吧?”

“当然不会，他不会愿意的。只有听贝多芬第七交响曲第二乐章时我才哭。”她停顿了一会儿，然后说:“从少年时期开始，我也会为肖邦的某些作品哭泣。当然不是协奏曲。”

“为什么不是协奏曲呢?”

“因为要是你把钢琴从他手中夺走，交给他一个乐队，他就无能为力了。他为弦乐、管乐、甚至鼓乐写作钢琴部分的曲子。另外，你看过柯纳·王尔德演的那部电影吗？肖邦在钢琴琴键上溅了一滴血。要是他在指挥一支乐队，会发生什么？他会把血溅在第一小提琴上面。”

即使在我认为非常了解她的时候，玛雅也会令我吃惊。和她在一起，我还要学着弄懂音乐。至少，是以她的方式。

那是最后一个幸福的夜晚。昨天，我醒得很迟，将近中午才到编辑部。刚一进门，就看到身着制服的人在布拉加多齐奥的抽屉里翻腾，还有一个穿便装的家伙正在询问在场的人。西梅伊站在自己办公室的门口，面如土色。

坎布里亚走过来低声地对我说话，仿佛要告诉我一个秘密：“有人杀了布拉加多齐奥。”

“什么？布拉加多齐奥？怎么会？”

“早上六点，一个值夜班的警察骑自行车回家时，看见一具尸体趴在地上，后背有一个伤口。在那个时间，他花了不少工夫才找到一间开门的酒吧，给医院和警察局打了电话。法医立刻就断定，那人中了一刀。尽管只有一刀，但刺得非常用力。杀手也没有把刀子留在体内。”

“在哪里？”

“在都灵路那边的一条小巷里，叫什么来着……我想是巴纳拉或者巴聂拉。”

那个身穿便装的家伙靠近我，简短地做了自我介绍。他是公共安全局的督察。他问我和布拉加多齐奥最后一次见面是什么时候。“昨天，在办公室这里，”我回答说，“我想我们所有同事都是如此。后来，我想他是一个人走的，比别人稍早一点。”

他问我和谁一起过的夜。我想他对所有人都问了这个问题。我说是和一个女性朋友共进晚餐，然后就立刻睡觉了。很明显，我没有犯罪动机。不过，好像在场的人都没有动机。而且，在我看来督察并不太关心这些。那只是一个例行的问题，就像在警匪片里演的那样。

他更想知道，在我看来布拉加多齐奥是否有敌人，或者作为记者，他是不是正在追踪一条危险的线索。想想吧，我怎么可能向他透露消息。这并非是因为我们之间有什么攻守同盟，而是我开始明白，假如有人将布拉加多齐奥干掉了，那应该是为了他所做的调查。我立刻感觉到，假如我表示自己知道些什么，有人就会想到有必要把我也干掉。我心里想，对警察也不能说。布拉加多齐奥不是告诉过我，所有人都牵连在其中，甚至是森林警察？假如说，到昨天为止，我还认为他是一个有谎言癖的人，现在，死亡证明他的话有一定的可信度。

我在出汗，但督察并没有觉察，又或者他把这种反应归结于激动。

“不知道，”我对他说，“布拉加多齐奥这几天具体在做什么，西梅伊先生或许能够告诉您，因为是他分派要写的文章。我好像记得他在写一篇关于妓女的文章，不知道这个线索是不是能够对您有帮助。”

“这个我们以后就会知道。”督察说，然后就去询问玛雅。她正在哭。我心想，玛雅并不喜欢布拉加多齐奥，但他毕竟是死于非命。可怜的女人。我同情的不是布拉加多齐奥，而是玛雅，因为她肯定在因为说过他的坏话而感到内疚。

此时，西梅伊示意我到他的办公室去。“科洛纳，”他在办公桌边坐下，双手还在颤抖，“您知道布拉加多齐奥在做些什么。”

“我知道，也不全知道。他跟我提过什么，但我不肯定……”

“别装了，科洛纳，您知道得很清楚，布拉加多齐奥被杀，是因为他正在发现某些东西。目前，我还不知道哪些事情是真的，哪些是他编造出来的。不过，可以肯定的是，假如他的调查涉及一百件事情，那么至少有一件他猜中了，所以才被灭口。不过，鉴于昨天他给我讲了自己的调查，所以我也知道了那件事，即使我不知道具体是哪件事。他对我说也曾经和您吐露过实情，所以您也是知道的，我们两个都处于危险当中。不仅如此，两个小时之前，维梅尔卡特骑士接到一个电话。他没有告诉我是谁，也没有讲对他说了什么，但维梅尔卡特骑士确定，《明日报》这整件事对他也构成了威胁，于是决定了结此事。他已经将需要付给编辑们的支票寄给我。他们会收到一个信封，里面装着两个月的工资，以及一些辞别的话。所有这些人都没有合同，所以不能抗议。维梅尔卡特骑士不知道您同样处于危险当中，但我想您很难出去兑换支票，所以，我把那张支票撕了。我的柜子里有一些钱，所以就在您的信封里放了两个月的现金。这些办公室明天都会被拆除。至于我们两个人，忘记我们之间的协议，您的任务，以及您要写的书吧。《明日报》结束了，就在今天。不过，尽管报纸关门了，我们两个知道的也还是太多。”

“不过，我认为布拉加多齐奥也和卢奇迪谈过。”

“所以说，他什么都不懂。这就是他的麻烦所在。卢奇迪嗅到我们死去的朋友正在进行某种危险的活动，于是立刻跑去汇报……向谁呢？我不知道，但肯定是某个认为布拉加多齐奥知道事情太多的人。没人会伤害卢奇迪，因为他属于另外一个阵营。但是，对我们两个，他们可能会那么做。我告诉您我会怎么做：一旦警察离开，我就把柜子里剩下的钱放进包里，然后奔到火车站，坐第一班火车去卢加诺。不带行李。在那里，我认识一个家伙，他可以为任何人改换户籍资料：新的名字，新的护照，新的住址，咱们都必须先解决这个问题。我会在杀害布拉加多齐奥的凶手找到我之前消失。我希望在时间上打败他们。我要求维梅尔卡特骑士把我的那份补偿款以美元的形式汇到瑞士信贷银行。至于您，我不知道应该提什么建议，但首先要把自己关在家里，别到街上去晃悠。另外，想办法躲在什么地方，让自己消失。我的建议是东欧的某个国家，一个留在后方组织从来没有到过的国家。”

“您觉得都是因为留在后方组织吗？这件事情众所周知。还是因为墨索里尼那件事？那件事很荒唐，不会有人相信。”

“那么梵蒂冈呢？即使那个故事并非属实，报纸上也会说，教会在一九四五年帮助元首出逃，并且在将近五十年的时间里为他提供庇护。加上他们因为辛多纳、卡尔维、马辛克斯等人的关系已经遇到的麻烦，在证明墨索里尼的事件仅仅是一个笑话之前，事情就已经在国际媒体上传开了。不要相信任何人，科洛纳，至少今天晚上，您要把自己关在家里，然后想想如何消失。您可以衣食无忧地过几个月。顺便说一下，比如在罗马尼亚，在那里的生活不花钱。这个信封里的一千两百万，可以让您在很长一段时间里过得像个老爷。然后就再看啦。再见科洛纳，我很遗憾事情以这种方式结束，就像我们的玛雅曾经讲过的那个关于阿比林牛仔的故事：可惜，我们输了。一旦那些警察走了，就请让我为离开做准备。”

我希望能够立刻消失，但那个该死的督察又对我们所有人进行了盘问，却没有找到任何蛛丝马迹。此时，夜幕也已经降临。

我从卢奇迪的办公桌旁经过。他正在打开信封。“里面装的应该是付给你的报酬吧？”我问他，他当然明白我影射的是什么。

他自下而上看了看我，只是说：“布拉加多齐奥对您说了什么？”

“我知道他正在调查某件事情，但他不愿意说是什么。”

“真的吗?”他问，“可怜的人，谁知道他到底做了什么。”说完，他就把身子转向另一边。

督察刚刚允许我离开，并嘱咐我要随时待命，我小声对玛雅说:“你回家去，等我的消息。不过，我认为明天早上之前不会打电话给你。”

她惊恐地望着我:“可你与这件事有什么关系?”“没有，我与此无关。你在想什么？当然，我觉得心里不安，这很正常。”

“现在究竟是怎么回事？他们给了我一个装了支票的信封，并表示非常感谢我宝贵的合作。”

“报纸关门了，以后我再跟你解释。”

“可是为什么不能现在解释?”

“我发誓明天把一切都告诉你。安心地待在家里。求你了，听我的。”

她照我的话做了，但眼睛里带着疑问，而且噙满泪水。接着，我离开了，没再说什么。

晚上，我留在家里，没有吃东西，只是喝光了半瓶威士忌，想着我该怎么做。后来，我筋疲力尽，就服下一片思诺思，然后睡着了。

今天早上，水龙头不再滴水。

一七

一九九二年六月六日星期六，正午

事情就是这样。现在，我已经将它完完整整地讲述了出来，并且试图对其中的一些想法进行梳理。“他们”是谁？西梅伊曾经说过，布拉加多齐奥将大量的事实堆积在一起，无论它们有没有道理。在这些事件中，有哪一件可能会令某个人感到担忧呢？是关于墨索里尼那件事吗？假如是这样，又是谁心里有鬼呢？是梵蒂冈，是参加过博尔盖塞政变，如今又在政府中身居要职的同伙（但二十多年过去了，他们应该都已经作古了），还是那些情报机构（那么又是哪一个）？又或者都不是，而只是一个上了岁数，仍旧生活在恐惧和回忆当中的老家伙。或许一切都是他一个人干的，他甚至对维梅尔卡特骑士进行恐吓，并以此取乐，就好像他背后有个叫做圣冠联盟的黑手党犯罪组织撑腰一样。所以，那就是个疯子。不过，假如一个疯子想把你除掉，就会和聪明人一样危险，甚至更有甚之。总之，无论是“他们”，还是一个单独行动的疯子，有人在昨天夜里进了我家。而且，假如他能够进去第一次，就能进去第二次。所以，我不能在这里待下去。再有，这个疯子，或者“他们”，真的能够肯定我知道些什么吗？布拉加多齐奥对卢奇迪说了一些关于我的事吗？从我和那个间谍最后的交谈来看，他好像并没有说，或者没有全部说出去。可是，我能认为自己是安全的吗？当然不能。从这里逃到罗马尼亚去，还是有些距离。或许最好等待事态发展，要不就先看看明天的报纸上说些什么。假如他们碰巧不谈布拉加多齐奥被杀的事，那么事情就比我所希望的严重，说明有人在试图让一切悄无声息地过去。我当然至少需要躲避一段时间。不过，假如连出门都有危险，又能到哪里去呢？

我想到了玛雅，以及她在奥尔塔的那个山中小屋。在我看来，我和玛雅的事情并未引起他人的注意，而且她应该没有受到监视。她没有受到监视，而我的电话却处于监控之下。所以，我不能从家里打电话。要想打，就必须出去。

我想起来，我家院子里有一个卫生间，穿过它就可以进入位于角落里的酒吧。我还记起，在院子尽头，有一扇关了几十年的铁门。把房子的钥匙交给我的时候，房东曾经给我讲过，那些钥匙中有一把用来开下面的大门，一把能够打开通向本层楼的那扇门，另外，还有一把又老又锈的钥匙。“您永远不会用到它，”房东笑着说，“不过，五十年以来，每位房客都有这么一把钥匙。您看，在战争期间，我们这栋楼没有防空洞，而在对面的房子里却有相当大的一个，就是朝着瓜尔多德伊米莱街的那个。那条路与我们这条平行。在当时，院子尽头开辟了一条通道，以便这些家庭能够在有警报的情况下很快进入防空洞。那扇门从两边都是锁着的，但我们的每个房客都有一把钥匙。您看，五十多年过去了，钥匙已经生了锈。我不认为您会用到它，但是，在发生火灾的时候，那扇门是一条很好的逃生通道。您要是愿意，就把钥匙丢在一个抽屉里，把它忘记。”

这就是我应该做的。我走下楼，进入后面的酒吧。主人认识我，因为我这样做过几次。我环顾了一下四周，早上这里几乎没有人。有一对年老的夫妇坐在那里，面前摆着两杯卡布奇诺和两个羊角面包。他们看起来并不像特工。我点了双份浓缩咖啡，好让自己醒来，然后，我走进电话间。

玛雅立刻接了电话，她非常激动。我要她别说话，先听我说。

“你要认真听，什么也别问。马上在包里放点东西，够在奥尔塔住上几天，然后开上你的车出来。在我家后面，瓜尔多德伊米莱街上，我不太清楚是几号，应该有一扇门，差不多就在我家的那个位置。也许门是开着的，因为我觉得它朝向一个院子，那里有一家不知道卖什么东西的商店。也许你可以进到里面去，不然也可以在外面等。按照我的时间调一下你的手表，你应该能够在一刻钟之内到达。咱们整整一个小时后在那里见面。假如大门是关着的，我会在外面等你，不过要准时，因为我不想在街上待太久。求你了，什么也别问。拿上你的包，上车，好好算算时间，然后开过来。以后我会把一切都告诉你。应该不会有人跟在你后面，但无论如何，从后视镜里看看。假如你觉得有人跟踪，就动点儿脑筋，兜几个无用的圈子，抹去你的痕迹。你住在运河边上，这样做不容易。但是，你有很多办法可以突然避开，比如闯红灯，这样别人就必须停下。我相信你，亲爱的。”

玛雅的准备工作非常完美，甚至可以进行武装劫持。在说好的一个小时之后，她走进了我家那个院子的大门，紧张而又高兴。

我跳上汽车，告诉她在哪里转弯，以便尽快到达切尔托萨大街的尽头。从那里，她自己知道如何进入通往诺瓦拉的高速公路，而且比我更清楚通往奥尔塔的交叉路口。

在整个旅途中，我几乎一言不发。到了家，我对她说，假如她知道了我可能会对她讲的事情，就会面临危险。所以，她会不会愿意相信我，然后被蒙在鼓里呢？可想而知，这种可能根本免谈。“对不起，”她说，“我不知道你对什么人和什么事感到恐惧。不过，要么没有人知道我们的关系，这样我也就不会冒险；要么他们已经知道了，因此也会确信我已经得知此事。现在，痛快地把事情都说出来吧，否则我怎么才能思考你在思考的事情？”

她表现得英勇无畏。我不得不把一切都讲给她听。事实上，如今她已经成为我的肉中之肉，就像《圣经》中所说的那样。

一八

六月十一日星期四

过去的几天，我把自己锁在家里，害怕出门。“得啦，”玛雅对我说，“这里没有人认识你。不管你害怕的人是谁，他都不知道你在这里……”

“这个并不重要，”我回答说，“一切都难以预料。”

玛雅开始像照顾病人一样照顾我。她给我服用了镇静剂。当我坐在窗前凝视湖水的时候，她会抚摸我的脖子。

星期日早上，她立刻去买了报纸。布拉加多齐奥被杀的消息刊登在地方新闻一栏里面，并没有过多的强调：一名记者被杀，也许他正在调查卖淫团伙，所以受到了某个盘剥者的教训。

警察好像是沿着我所说的线索，又或者是按照西梅伊的指引，得出了如此的结论。当然，他们再也没有想到我们这些编辑，也没有注意到我和西梅伊已经失踪。另外，假如他们再到办公室去，就会发现那里已经空空如也。那个督察甚至没有记下我们的住址。真是梅格雷探长的风格。不过，我不认为他关心我们这些人。卖淫这条线索最为合适，是他们的例行公事。当然，科斯坦扎可以说那些女士是由他来负责的，但很可能他也认为布拉加多齐奥的死，从某种方式来讲，与那个圈子有关，而且开始为他自己担忧。所以，他像木头一样保持了沉默。

第二天，布拉加多齐奥甚至从地方新闻中消失了。类似的事件，警察局应该有成千上万，死者也只是一个四流的新闻记者。于是他们便采纳了最普通的推论。

黄昏时分，我心情阴郁地注视着湖水暗沉下去。阳光下，圣朱利奥岛如此灿烂，就像勃克林笔下的《死亡之岛》一样，耸立在水中。

此时，玛雅决定用力将我从这种梦境中唤醒，于是带我到圣山散步。我并不了解这个地方。那是一些建在一个山丘上的小礼拜堂，处处可见五颜六色的雕像，个头有真人大小，构成了一幅神秘的精致画面。其中还包括了一些天使，但主要是讲述圣方济各生活的场景。唉，在一个母亲怀抱着一脸痛苦的孩子的雕像身上，我看到了某个遥远的政变中那些受害者的影子；另外一组雕像表现的是教皇和很多戴深色帽子的主教出席集会的场景，看着它们，我想象梵蒂冈银行召开主教会议来计划逮捕我。即使满目都是绚丽的色彩和黏土烧制的玩意儿，也无法令我想到天国。一切都像是在影射那些在黑暗中颤抖的、地狱般的力量，只不过是进行了阴险的伪装。我甚至想象着，那些形象在夜间变成骷髅(那些玫瑰色的天使，尽管他们生活在天上，除了虚假的皮肤和隐藏在下面的骨骼，他们还有些什么呢?)，参加圣伯尔纳定藏骨堂的魔鬼之舞。

我实在没有想到自己会如此恐惧，同时也为在玛雅面前表现出如此的状态而感到羞愧(看着吧，现在她也会抛弃我)。但是，布拉加多齐奥脸朝下趴在巴聂拉街的样子，总是出现在我眼前。

突然，我希望时空上出现一道意想不到的裂缝(冯内古特是怎么说来着？一个沙漏计时器)：波尔加，那个一百年前的连环杀手，会在半夜时分出现在巴聂拉街，除掉那个闯入者。

不过，这并不能解释打给维梅尔卡特骑士的电话。当玛雅对我说，这桩罪行可能只是为了一点点钱的时候，我就是用这个理由来反驳她的。一眼就能看出布拉加多齐奥是一个下流坯，愿他安息。或许他试图敲诈一个妓女，因此遭到那些靠妓女生存的男人的报复，这种事情稀松平常，就像人们所说的，大人物不拘小节。“对，”我重复了一遍，“但一个靠妓女养活的人，不会给出版商打电话，让他把报纸关闭。”

“谁告诉你维梅尔卡特骑士当真接到一个电话？或许他后悔一脚踏进了这个让他花销过大的事业。于是，刚刚得知一个编辑的死讯，他就以这个借口关闭了《明日报》，给编辑们付两个月的工资，而不是一年……又或者，你对我说过，他想办这份《明日报》，是为了有人让他罢手，并同意接纳他进入顶级沙龙。好吧，假设一个像卢奇迪这样的家伙向那边，也就是顶级沙龙通风报信，说《明日报》即将刊登一个令人尴尬的调查。那些人会给维梅尔卡特骑士打电话，对他说，好吧，放弃你那份破报纸，沙龙接纳你了。而布拉加多齐奥被害另有原因，也许还是被那个疯子杀的。这样，你就排除了打给维梅尔卡特骑士的那个电话。”

“但我没有排除那个疯子。说到底，又是谁半夜进了我家呢?”

“这件事是你给我讲的。你怎么能肯定有人进了你家呢?”

“那又是谁关了水管阀门呢?”

“等一下，听我说。你家没有钟点工负责打扫卫生?”

“她一周只来一次。”

“好吧，她最后一次是什么时候来的?”

“她总是周五下午来。顺便说一句，就是我们得知布拉加多齐奥死讯的那天。”

“所以呢？不会是她因为觉得流水的声音很烦，就关了阀门吗?”

“可是，那个周五我还接了一杯水，好把安眠药吞下去……”

“你应该是接了半杯水，这就够了。即使阀门关着，水管里也还会存留一些水。你只是没有觉察到那是水管里流出的最后一点水。晚上你又喝水了吗?”

“没有，我甚至没吃晚饭，只喝了半瓶威士忌。”

“看到了？我不说你有偏执的毛病，但布拉加多齐奥被杀的想法，以及西梅伊对你说的话，使你立刻想到有人进了你家。事实却非如此，而是下午去过你家的钟点工把阀门关上了。”

“可是布拉加多齐奥的确被他们杀了。”

“我们看到了，这有可能是另一回事。所以，说不定没有任何人注意到你。”

最后的四天，我们在一起反复思考，提出一些假设，然后再把它们推翻。我变得越来越阴郁，玛雅却越来越殷勤。她不知疲倦地在家和镇子之间来回跑，为我准备新鲜的食物和一瓶瓶的麦芽，现在我已经吃空了三瓶。我们做了两次爱，但我是带着愤怒做的，好像是为了发泄自己，却没能感到快乐。尽管如此，我感到自己越来越爱这个年轻的姑娘。她已经从一只受人保护的小鸟，变成了忠实的母狼，愿意去撕咬想要伤害我的人。

直到这一天晚上，我们打开电视，几乎是碰巧看到克拉多·奥贾斯主持的节目。里面介绍的是前一天英国广播公司播放的一部英国纪录片，名字叫做《短剑行动》。

我们入迷地看着，没有说话。

那部片子的剧本就像是布拉加多齐奥写的一样，里面包括了布拉加多齐奥想象到的所有情节，甚至还多出一些东西。影片还邀请了一些名人进行口述，并穿插一些画面和影像资料，对他们的口述进行点评。片子从比利时留在后方组织的劣迹开始说起。人们发现政府的某些首脑的确被告知了短剑行动的存在，但只是美国中央情报局信任的那些，而莫罗和范范尼却被蒙在鼓里。影片中全屏显示了一些著名间谍的声明，比如："欺骗是思想的一种状态，也是一种状态的思想。"在整个节目当中(两个半小时)，文齐圭拉揭露了每一件事情，甚至包括在战争结束之前，联军的情报机构就与博尔盖塞以及他的海军第十舰队签订了一份责任书，保证未来相互合作，以抵御苏维埃的入侵。很多证人都天真地声称，像短剑这样的行动，当然只能征用前法西斯分子这类人。另外，在德国，美国的情报人员保护了像克劳斯·巴比这样的刽子手，使他免受惩罚。他们的做法从这件事上可见一斑。

利齐奥·杰利在影片中出现了很多次。他明确地声称，自己曾经与联军的情报机构合作，而文齐圭拉却把他定义为一个优秀的法西斯分子。杰利谈到了他的功绩，他接触的人，他的消息来源，却并不担心人们能够明显地从中看出，他始终在玩两面派。

科西加讲述了在一九四八年，作为年轻的天主教民主党战士，他是如何配备好一架司登冲锋枪和手榴弹。假如共产党不接受选举结果，他们就采取行动。文齐圭拉在影片中再次出现。他平静地反驳说，整个极右派都致力于实施紧张状态战略，好让公众在心理上对之后颁布的紧急状态声明有所准备。不过，他明确解释了新秩序与国家先锋这两个新纳粹组织，是如何与几个部的负责人进行合作的。在议会调查中，一些议员也毫不避讳地说，在每次政变中，情报机关和警方都会把资料打乱，使得司法调查陷入瘫痪。文齐圭拉声称，在喷泉广场事件背后，不仅仅有被所有人认为是政变策划者的新法西斯分子弗雷达和文图拉;在他们上面，还有内政部特别事务处负责整个事件的组织。另外，新秩序与国家先锋采用何种方式渗透进左派组织，以便促使他们展开恐怖暗杀，也被公之于众。美国中央情报局的李·哈维·奥斯瓦尔德上校断言，红色旅不仅被渗透，而且是在执行军事情报和安全服务处桑托维托将军下达的命令。

红色旅的创建者，也是最先被捕的人物之一，弗朗切斯基尼，在一次令人吃惊的采访中，曾经迷惑地诉说，他原本是出于善良的初衷，但后来碰巧在某些人的说服下，转而为其他目标效力。文齐圭拉又说，国家先锋当时担任的使命，是传播支持中国的海报，以激起对亲华活动的恐惧。

作为短剑行动的指挥官之一，因泽里利将军曾经毫不犹豫地说，武器就存放在宪兵营里，短剑行动的成员们可以到那里去取自己需要的武器，只要出示(连载小说式的故事)半张一千里拉的钞票，作为辨认的标志。当然，他们最后也提到了莫罗事件，因为在他被绑架的那个时间，有人看到一些情报人员出现在法尼街。其中一个特工辩解说，他到那里去是因为有一个朋友请他吃午饭，但不知道他为何早上九点就去赴约了。

前美国中央情报局的头儿科尔比自然否认了一切，另外一些中央情报局的特工却在没有蒙面的情况下，谈到了自己的名字出现在其中的那些文件，甚至非常详细地说明了组织支付给牵连到各种惨案中的那些人的工资，比如付给米切利将军每月五千美元。

正像电视节目中所评论的那样，这些可能都是些指示性的证据，以此为基础无法给任何人判刑，但足以令公共舆论不安。

玛雅和我感到精神紧张。节目里揭示出的事实，超出了布拉加多齐奥所有那些狂热的幻想。“事实只能是这样，”玛雅说，“他也对你说过，这些说法流传已久，只是它们被从集体记忆中抹去了。要想重新找回它们，只需到档案馆或者报刊收藏馆去，将这幅镶嵌画的碎片重新拼凑起来。不仅是在学生时期，而且即使在负责亲密关系的那段时间，我都会读报纸。你以为呢，我也听说过这些事情，只不过我也会遗忘，就像一个新的发现会抹去一个旧的。想要恢复记忆，只要把一切都翻出来。布拉加多齐奥就是这样做的，英国广播公司也是如此。搅拌一下，你就会得到两种完美的鸡尾酒，但不知道哪个才是真的。”

“是啊，不过布拉加多齐奥可能在那里添加了自己的想象，比如墨索里尼的故事，又或者是卢恰尼教皇的遇害。”

“好吧，他是一个有谎话癖的人，到处都能看到阴谋，但问题的核心还是同一个。”

“神圣的上帝啊，”我说，“你想到了吗，几天前布拉加多齐奥被人杀害，就是因为害怕这些消息被再次发现。通过现在这个节目，会有几百万人知道这件事吧？”

“亲爱的，”玛雅说，“你的运气正在这里。假设果真有什么人，不管是幽灵般的他们，还是那个孤独的疯子，不管他是真的害怕人们再次想起这些事，还是担心一件无足轻重的事再次浮出水面，这件事情，甚至我们在看电视的时候都没有注意到，却仍旧能够为一群人或者一个人造成麻烦……好吧，在这个节目播出之后，不论是他们，还是那个疯子，都不再有兴趣把你或者西梅伊除掉。假如你们俩四处去向报纸讲布拉加多齐奥对你们说的事情，人们会认为你们是狂热分子，是在重复电视上看到的东西。”

“可是，也许有人会害怕我们谈到英国广播公司缄口不言的东西，比如墨索里尼和卢恰尼。”

“好吧，想象一下你去跟别人讲关于墨索里尼的事情。布拉加多齐奥揭露那些事情的方式就已经不太可信了，完全没有任何证据，只是一些胡乱猜测。假如你跟别人说起这些事情，他们会说你太夸张了，是看到了英国广播公司的节目而感到不安，所以借此宣泄一下个人想象。你甚至会加入他们的游戏：你们看，他们会说，从现在开始，每个把几件事情搅在一起的人，都会发明出一个新的说法。这些新发现不断繁殖，甚至会使人们怀疑英国广播公司说的那些也只是新闻投机，又或者是一种癫狂，就好像那些说美国人并没有真的登月，或者五角大楼忙着向我们掩盖UFO存在的真相。这个节目使所有其他发现都显得无用和荒唐，因为你知道(那本法语书叫什么来着?)，现实超越虚构。或者，更恰当的说法是，任何人都无力编造任何东西。”

“所以，我自由了?”

“当然，谁说出真相，谁就还了你自由。这个真相会使任何其他发现都变得如同谎言。说到底，英国广播公司做了一件大好事。从明天开始，你可以四处去说教皇割断孩子的喉咙，然后把他们吃了;或者说是加尔各答的特蕾莎修女把炸弹放在伊塔利库斯号火车上面。人们会说，啊，真的吗? 很有趣，然后就转过身继续做他们的事情去了。我拿脑袋打赌，明天的报纸上甚至不会提这个节目。在这个国家里，任何事情都无法打扰我们。说到底，我们见识过野蛮人的入侵，罗马之劫，塞尼加利亚惨案，一战的六十万死者，二战的地狱。想想吧，这件事情涉及的也仅仅是花了四十年才被干掉的那区区几百人。情报机构腐败成风? 相比波吉亚家族所做的事情，简直可以一笑置之。我们曾经是手握匕首和毒药的民族，对这些事情已经能够免疫了，他们给我们讲的任何新故事，我们都曾经听过更糟糕的，这件事只不过是模仿。假如说美国，半个欧洲的情报机构，我们的政府，还有我们的报纸对我们说谎，为什么英国广播公司就不能说谎? 对于一个善良的公民来说，唯一严肃的问题是如何避税。除此之外，那些发号施令的人可以想怎样就怎样，反正总是换汤不换药。阿门。你看，我只跟西梅伊一起待了两个月，就变得和他一样狡猾了。”

“现在咱们怎么办?”

“首先，你要安静下来。然后，明天我去银行，悄悄地把维梅尔卡特骑士给的支票兑换了，而你去把银行的钱取出来，假如有的话……”

“我从四月开始存钱，所以已经有相当于两个月工资的积蓄，一千万里拉左右，再加上那天西梅伊给我的一千两百万里拉。我有钱了。”

“太好了，我也存了点钱。咱们把所有钱都取出来，然后逃跑。”

“逃跑? 难道我们不是说，从现在开始可以毫无恐惧地到处转悠了吗?”

“是，不过，难道你还想住在这个国家吗? 在这里，事情仍然像从前那样发展：你坐在匹萨店里，会害怕坐在你旁边的人是间谍，或许就要杀害另一个法尔科内，说不定会在你经过的时候引爆炸弹。”

“可是，我们要到哪里去呢? 你也看到和听到，从瑞典到葡萄牙，整个欧洲都在发生同样的事情。你想逃到土耳其，到灰狼中间去吗？或者去美国，假如他们允许？在那里，他们也会行刺总统，或许黑手党也渗透进了中央情报局。世界是一个噩梦，亲爱的。我想下车，但他们对我说不行，我们是在一列特快车上面，中间没有停靠站。”

“亲爱的，咱们去找一个没有秘密，一切都暴露在阳光之下的国家。中美洲和南美洲有很多这样的地方。在那里，没有任何东西遮遮掩掩。大家都知道谁属于贩毒集团，谁在指挥革命组织。你坐在饭馆里，有一群朋友从面前经过。他们给你介绍某个人，说他是武器走私团伙的老大。他漂漂亮亮的，胡子刮得很干净，身上香喷喷，穿着浆过的白衬衫，衣角露在裤子外面，服务生都恭敬地对他说：‘先生这边请。’警察也去向他表示敬意。那是没有秘密的国度，一切都暴露在阳光之下，警察希望出于规定受到贿赂，政府与黑社会在对宪法的诠释上彼此呼应，银行靠洗黑钱维持。假如你没有另外带一些来源可疑的钱，就会有麻烦，他们会没收你的居留许可。他们互相残杀，但只限于在他们之间，不会打搅游客。咱们可以在某个报社或者出版社找到工作，我有朋友在那里的亲密关系杂志社工作：现在想想，这是一个非常诚实的职业。说的都是一些扯淡的事，但大家都心知肚明，且以此为乐。因为你的揭露而被拉下神坛的人，观众前一天在电视里就已经看到了。西班牙语一个星期就可以学会，我们也就找到了我们的南方的海，我的图西塔拉。”

我从来都无法独自采取行动。不过，假如另外一个人把球传过来，有时候我还是可以将球命中。玛雅仍旧天真，而岁月已经使我变得成熟。假如你是一个失败者，那么，唯一的安慰就是把你周围所有的人都当做失败者，包括那些赢家。

于是，我反驳玛雅说：

“亲爱的，你没有想到，意大利也慢慢变得像你想要流亡的那些梦中的国度。假如说我们能够首先接受，继而忘记英国广播公司给我们讲的所有事情，那就意味着我们正在习惯于失去羞耻感。你没有看到吗，今晚所有接受采访的人都很开心地告诉我们他们曾经做过的这样或者那样的事情，几乎是在等待一枚奖章。没有任何巴罗克式的明暗对比，一切都在光天化日之下进行，就像印象派画家的画一样。贿赂得到允许，黑手党也正式进入议会，政府里的人也在逃税，监狱里关的都是些偷鸡的阿尔巴尼亚人。体面人继续给无赖投票，那么，他们为什么不能相信英国广播公司的话呢？又或者，他们不会去看今天晚上电视里播放的这种节目，因为吸引他们的是其他更加垃圾的节目，比如晚间第一档维梅尔卡特骑士的电视直销，或者有没有什么重要人物被杀，那样就会有国葬。我们可以置身这些游戏之外：我重新开始做德语翻译，你重新给那些放在女性发廊，或者牙医候诊室里的杂志工作。然后，我们每天晚上看一部好电影，周末到奥尔塔来。让所有人都见鬼去吧。我们只需要等待：一旦真正变成第三世界，我们的国家将充满活力，就好像到处都是科帕卡瓦纳[①]。女人是王后，女人是国王。”

玛雅令我恢复了安宁与自信，或者至少是对我周围世界一种平静的不信任。只要学会满足，生活还是可以忍受的。明天(就像郝思嘉所说的。这又是一个引用，我知道，不过，我已经放弃以第一人称讲话，而是任凭别人去说)会是新的一天。

阳光下的圣朱利奥岛重又闪烁着光芒。

---

① Copacabana，巴西里约热内卢南区的一个街区，以四公里长的海滩著称，是世界最著名的海滩之一。

图书在版编目(CIP)数据

试刊号/(意)翁贝托·埃科著;魏怡译.—上海:
上海译文出版社,2016.12(2017.4重印)
(翁贝托·埃科作品系列)
ISBN 978-7-5327-7285-8

Ⅰ.①试… Ⅱ.①翁… ②魏… Ⅲ.①中篇小说—意
大利—现代 Ⅳ.①I546.45

中国版本图书馆 CIP 数据核字(2016)第 125959 号

UMBERTO ECO
Numero Zero

图字:09-2015-436 号

试刊号
Numero Zero

UMBERTO ECO
[意] 翁贝托·埃科 著
魏怡 译

出版统筹 赵武平
责任编辑 李月敏
装帧设计 陆智昌

上海世纪出版股份有限公司
译文出版社出版
网址:www.yiwen.com.cn
上海世纪出版股份有限公司发行中心发行
200001 上海福建中路 193 号 www.ewen.co
苏州市越洋印刷有限公司印刷

开本 890×1240 1/32 印张 6.75 插页 5 字数 91,000
2016 年 12 月第 1 版 2017 年 4 月第 3 次印刷

ISBN 978-7-5327-7285-8/I·4435
定价:38.00 元